다와다 요코 多和田葉子

소설가, 시인. 1960년 ░░░░░░░░░░░░░░░░░░░░░░░░░. 제1문학부를
졸업하고, 함부르크 ░░░░░░░░░░░░░░░░░░░░░░대학교에서
박사 학위를 받았다. ░░░░░░░░░░░░░░░░░░░░일어로
작품 활동을 하고 있다. 1991년 『발뒤꿈치를 잃고서』로 군조신인문학상,
1993년 『개 신랑 들이기』로 아쿠타가와상, 2000년 『데이지꽃차의 경우』로
이즈미교카상, 2002년 『구형 시간』으로 분카무라되마고문학상, 2003년
『용의자의 야간열차』로 이토세이문학상과 다니자키준이치로상, 2005년
괴테 메달, 2009년 쓰보우치쇼요대상, 2011년 『수녀와 큐피드의 활』로
무라사키시키부문학상, 같은 해 『눈 속의 에튀드』로 노마문예상, 2013년
『뜬구름 잡는 이야기』로 요미우리문학상과 예술선장 문부과학대신상을
수상했다. 2016년 일본인 최초로 독일 클라이스트상을, 2018년 『헌등사』로
전미도서상(번역 문학 부문)을, 2020년 아사히상 등 유수의 상을 받았다.
그 밖에도 『고트하르트 철도』, 『비혼』, 『여행하는 말들』, 『벌거벗은 눈의
여행』, 『보르도의 매형』, 『지구에 아로새겨진』, 『별빛이 아련하게 비치는』 등
일본어와 독일어를 넘나들며 다양한 작품을 왕성하게 발표하고 있다.

개 신랑 들이기

犬婿入り

개 신랑 들이기

犬婿入り

다와다 요코 소설집
유라주 옮김

민음사

차례

일러두기

1 한국어판은 일본에서 출간된 『개 신랑 들이기(犬婿入り)』(講談社, 1998)를 저본으로 삼아 우리말로 옮겼다.

2 원서에서 괄호로 강조한 부분은 작은따옴표로 표시했고, 가타카나로 강조한 부분은 고딕체로 표시했다.

3 주석은 모두 옮긴이 주이다.

4 한국어 맞춤법과 외래어 표기법은 1989년 3월 1일부터 시행된 「한글 맞춤법」(2017년 3월 28일 문화체육관광부 고시)을 따랐다.

페르소나

ペルソナ

°

성룡 김이 그런 일을 했을 리 없다고 처음에는 모두가 입을 모아 말했다. 물론 미치코도 그렇게 생각했다. 성룡 김은 착실한 사람이고 친절한 간호사이니 절대로 그 사람의 소행이 아니라고 모두가 입을 모아 말했다. 틀림없이 레나테의 거짓말이라고 레나테의 담당 의사도 말하지 않았던가. 레나테가 활동하는 합창단의 지도 치료사도 그렇게 말했다. 레나테가 책을 빌리러 가는 것이 아니라 수다를 떨고자 매일 찾는 환자용 도서실의 사람들도 모두 다 입을 모아서 그렇게 말했다.

성룡 김은 서울에서 태어나 삼 년 정도 영국에서 살다가 독일로 건너왔는데 베를린에서 사회 복지사 자격증을 따고 거의 십 년 동안 함부르크 북부에 있는 정신 병원에서 환자를 돌봤다. 거기서 똑같이 서울에서 태어난 두 살 연하의 간호사와 만나 결혼도 했고 어린 딸도 둘 있는데, 독일 사람에 비하면 나이보다 훨씬 어려 보여서 도무지 두 아이의 아버지처럼 느껴지지 않았다. 짧게 자른 머리칼은 기세 좋게 위로 뻗쳤고 피부는 껍질을 벗긴 사과 같았다. 성룡이 같은 나이대의 독일 사람보다 어려 보이는 까닭은 머리칼이나 피부 때문이 아니라 표정 때문일지도 몰랐다. 그 나이대의 독일 사람이라면 마치 쓴 것을 잘못 먹은 것 같은 표정이 입 주위에 박혀 있는데 성룡의 얼굴에는 쓴 맛이 조금도 없었다. 인상을 쓸 때조차 쓴 맛이 전혀 없었다. 입가에 경련하듯 쓰라림 같은 것이 빠르게 지나갈 때도 있었지만 쓴 맛은 전혀 없었다. 토마스라면 초라하고 특징 없는 얼굴이라고 말했을지도 모른다. 토마스와 같이 살지 않아도 미치코는 토마스가 할 것 같은 말, 토마스가 했던 말이 하루에 몇 번씩이나 귀에 들렸다. 미치코는 그런 생각들을 하면서 거울을 바라보니 자기 얼굴이 성룡의 얼굴과 닮은 것 같기도 했다. 귀엽기는 하지만 아름답지는 않다고, 언젠가 토마스의 동생이 미치코의 얼굴을 평가한 적이 있었다. 토마스의 동생은 아름다운 얼굴은 쓴 맛이 있어야 한다고 생각하는 사람이었다.

하지만 미치코는 성룡 김을 처음 봤을 때 아름다운 남자라고 생각했다. 미치코는 그때 환자용 도서실에서 커피를 마시고 있었다. 도서실에서 일하는 카타리나를 만나러 온 참이었다. 미치코와 카타리나는 미라 나이르(Mira Nair) 감독의 새 영화를 보러 가기로 약속했다. 영화가 시작하기까지 시간이 많이 남아서 커피를 마시는 중이었다. 커피를 마시고 있는데 성룡이 도서실로 황급히 들어오더니 미치코를 보고 놀라서 그 자리에 멈춰 서 버렸다. 미치코도 놀라서 커피잔을 떨어뜨리듯 책상에 놓았다. 커피 거품이 일었고 찻잔 밖으로 튀어서 손가락에 묻었다. 그리고 두 사람은 동시에 입을 벌려서 앗 하고 소리를 냈는데 곧이어 웃음이 새어 나왔다. 미치코는 그 순간 상대방이 일본 사람이 아니라는 사실을 알았다. 성룡이 독일어로 어디에서 왔느냐고 물었다. 일본에서 왔다고 미치코가 긴장하며 대답했는데 성룡의 미소는 변함없었다. 미소를 유지한 채 자기는 한국에서 왔다고, 성룡이 말했고 그것을 바라보던 카타리나는 감탄하듯이 "와, 동아시아 사람들끼리는 얼굴만 봐선 서로 어느 나라 사람인지 모르나 보구나." 하고 말했다. 미치코는 "당연하지 않아?" 하고 말하면서 웃었다. 성룡도 "독일 사람인지 네덜란드 사람인지 얼굴만 보고 알 수 있어? 당연한 거야." 하고 말하면서 웃었다. "동아시아 사람은 모두 똑같은 얼굴을 하고 있다고."

그런데 가즈오는 여기에 대해 전혀 다른 의견을 가지고 있었다. 미치코는 그날 병원과 같은 거리에 있는 아파트로 돌아가서 농생 가즈오와 저녁을 먹으며 성룡과 만났던 일을 이야기했더니 가즈오가 진지한 얼굴로 말하는 것이었다. "일본 사람하고 한국 사람은 대체로 한번 보면 알아. 얼굴이 다르잖아." 하고. 미치코는 놀라서 "어떻게 다른데?" 하고 물었다. 가즈오는 눈의 생김새가 다르다고 말했다. "한국 사람은 눈이 가늘어." 미치코는 그 말에 웃으며 대답했다. "너처럼 눈 작은 사람이 한국에도 있는 걸까?" 가즈오는 칼로 긁힌 상처처럼 눈이 가늘어서 항상 웃고 있는 듯 보였다. "일본 사람이 더 키가 크고 말이야." 하고 가즈오가 말했다. 미치코는 절대 그렇지 않다고, 성룡이 너보다 훨씬 키가 크다고 대답했다. 그러자 가즈오는 "뭐 일본 사람 같은 한국 사람도 있겠지." 하고 말했다.

그리고 그다음 날 미치코는 우연히 성룡과 마주쳤다. 그로세베르크 거리(Grosse Bergstrasse)에 있는 한국 식품점으로 두부를 사러 갔는데 성룡이 작은 여자아이의 손을 잡고 장을 보고 있었다. 성룡은 독일어로 이 아이가 내 딸이라고, 말했다. 여자아이는 미치코를 보더니 한국어로 뭐라고 말했다. 성룡이 웃었다. 미치코도 웃었다.

미치코가 카타리나에게서 레나테의 이야기를 들은 것은 그로부터 몇 달이 지난 뒤였다.

미치코는 레나테라는 여성을 잘 알고 있는 듯 느꼈다. 사실 미치코는 레나테에 대해서 거의 아는 바가 없었다. 레나테를 두세 번밖에 보지 못했다. 카타리나가 맨날 레나테의 이야기를 했으므로 레나테를 잘 알고 있는 듯 느꼈을 뿐이다. 레나테는 왼쪽 어깨가 굉장히 무거운 양 걸어 다녔다. 오른발을 들기 직전에 왼쪽 어깨가 아픈 듯 지나치게 높게 올리는 모양새였다. 미치코의 눈에는 레나테가 일부러 그러는 것 같았다. 카타리나는 레나테가 일부러 그렇게 걷는 것이 아니라고, 정신 안정제 때문에 몸이 기울어진 것이라고 말해 줬다. 약 때문에 몸을 똑바로 펴고 걸을 수 없다는 것이었다.

레나테는 병원에 있는 남자들의 이름을 기가 막히게 잘 기억했다. 레나테는 매일 도서실에 왔다. 그리고 안내 데스크에 있는 카타리나 옆에 앉아서 수다를 떨다가 누가 책을 빌리러 오면 대출 카드를 훔쳐본 다음, 얼굴과 이름을 기억했다. 레나테에게 이름이 기억된 남성은 가끔 당혹스러운 일을 겪을 때도 있었다. 펠릭스 브룩이라는 남자도 적잖이 당혹했다. 레나테가, 펠릭스 브룩이 자기랑 자고 싶어서 때를 노리고 있다고 병원 곳곳에 말하고 다녔기 때문이다. 펠릭스 브룩이 복도에서 자기와 스치면 윙크를 하고 그다음엔 무슨 꿍꿍이가 있는 듯 슬리퍼를 좌우로 바꿔 신으면서 빙긋 웃는다고, 레나테는 말하고 다녔다. 매일 잠옷으로 갈아입을 때마다 열쇠 구멍으로 고양이 같은 눈을 하고 훔쳐본다고, 틀림없이 펠릭스 브룩의 눈이라고 레나테는 말하고 다녔다.

카타리나는 레나테가 그런 말을 하면 두 손을 무릎 위에서 세게 쥐었다. 사실은 그 거머쥔 주먹으로 레나테를 때려 주고 싶었으나 그 감정에 휩쓸리지 않도록 연신 마음속으로 '환자이니까.' 하고 되뇌었다. 그러다가 또 화가 치솟으면 '평범하지 않으니까.' 하고 마음속으로 되뇌었다.

평범하지 않으니 하는 수 없지만, 평범한 것이 무엇이냐고 누가 묻는다면 카타리나로서도 답할 길은 없었다. 카타리나는 레나테와 비슷한 여성들을 알고 있었다. 그들은 병원 환자가 아닌 친척, 학교 동창, 근처에 사는 지인이었고 그 수가 제법 많았다. 자기 주변에는 항상 레나테하고 비슷한 여성들만 모이는 것 같았다. 아무리 피하고 또 피해도 결국 곁에 와서는 카타리나가 불쾌해하는 것도 모르고 불쾌한 이야기만 불쾌한 말투로 끝도 없이 해 댔다. 카타리나는, 당신들의 이야기 따위는 듣고 싶지 않다고 단호하게 말하고 떠나지를 못했다. 다들 마치 이렇게 재미있는 이야기를 들려주고 있으니 오히려 고맙게 들으라는 듯한 태도였다. 하지만 미치코는 달랐다. 카타리나는 미치코의 이야기를 듣고 있을 때에는 불쾌하지 않았다.

성룡 김에 대해서 레나테가 말했을 때, 카타리나는 그런 불쾌함을 처음 느꼈다. 레나테의 말에 따르면 한밤중에 소리가 들려서 일어났더니 문가에 희미한 사람 형체가 있었다고 한다. 누구냐고 물어봤더니 대답이 없어서 레나테가 가만히 있자 사람 형체가 다가와서는 자기 위로 덮쳤다고 한다. 레나테의 말에 따르면 머리는 뻣뻣한 직모였고 팔에도 가슴에도 다리 피부에도 털이 나 있지 않아서 매끈매끈했다고 한다. 카타리나는 그런 레나테에게 거짓말하지 말라고 무섭게 다그친 뒤, 곧바로 환자에게 '거짓말'이라는 말을 쓰면 안 된다는 사실이 떠올랐다. 하지만 레나테는 화도 내지 않고 상처도 받지 않은 채, 계속 똑같은 이야기를 처음부터 다시 시작했다. "팔에도 가슴에도 다리 피부에도 털이 나 있지 않아서 매끈매끈했고," 하는 부분에 이르자 카타리나는 불쾌해져서 그 말은 이미 들었다고 말했다. 그랬더니 레나테는 같은 이야기를 또다시 처음부터 되풀이했다. 매끈매끈한 팔, 가슴, 다리를 꿈속에서 어루만지는 레나테를 생각하니 카타리나는 더욱 기분이 나빠졌다. 그리고 카타리나 역시 성룡을 볼 때면 자기도 모르게 팔을 한번 만져 보고 싶다고 느끼곤 했다.

카타리나는 미치코에게 "우선, 사건이 있고 나서 일주일이나 지난 뒤 그런 이야기를 하는 것이 이상하지? 그 정도 시간이 지났으면 사건을 조사하기도 어렵고."라고 말했다. 레나테가 사건이 있었다고 처음 말하기 전의 일주일 동안, 성룡은 가족끼리 발트해로 여행을 떠나 있었다. 그러니 설령 사건이

'일세도 일어났냐고' 하너라노 일수일보다 더 전에 일어난 일이라고 할 수 있다. 카타리나는 미치코에게 "아무도 안 믿는 거짓말이라고 해도 화가 나. 성룡이 불쌍해." 하고 말했다.

레나테의 고백을 들은 지 일주일도 지나지 않아서 병원에서는 기묘한 회의가 세 차례나 열렸다. 세 번째 회의에서 유타라는 치료사가 사람을 겉모습과 인상만으로 판단하다니 이상하다고, 말했다. 성룡은 잘 모르는 사람이 보면 착하게 보이지만 전문가의 눈으로 들여다보면 이상할 정도로 표정이 없다는 것이었다. 그래서 그 뒤에 잔인함이 숨어 있어도 알기 어렵다고 말했다. 그러자 모두 입을 다물었다. 기분 나쁜 침묵이었다. 곧이어 레나테가 있는 병동의 책임자가 말했다. 역시 겉모습만으로 사람을 판단하는 일은 좋지 않다고, 그러니 성룡이 좋은 사람이라고 처음부터 확신해서는 안 된다고. 카타리나는 참을 수가 없었다. 성룡은 아시아인이니 선천적으로 표정이 없고 그건 어쩔 수 없는 일이 아니냐고, 용기를 내서 말했다. 그리고 또 용기를 내서 덧붙였다. 내 친구 미치코라는 이름의 일본인도 표정이 없지만 그 뒤에 잔인함을 숨기고 있지는 않다고. 카타리나는 평소에 회의에서 발언하는 편이 아니었으므로 이 말을 하는 데에도 굉장한 용기가 필요했다. 하지만 그 용기조차 달변에 자신감으로 가득 찬 사람들이 반박하면 바로 꺾이고 말았다. 카타리나의 용기를 꺾는 발언을 한 사람은 앨버트라는 남자로, 젊었을 때 대학교에서 아시아학을 공부했지만 중퇴한 뒤에 사회 복지사가 된 사람이었다. 이 남자는 동아시아 사람의 무표정한 얼굴은 선천적인 것이 아니라고 말했다. 사람들은 뒤에서 앨버트를 '말만 번지르르하게 하는 사람'이라고 자주 욕하곤 했다. 이 말만 번지르르하게 하는 사람이, 동아시아 사람은 빙하기에 태어났던 몽골계 인종이므로 추위로부터 몸을 보호하고자 얼굴 살이 두껍고 따라서 얼굴 표정이 잘 나타나지 않기도 한다고, 하지만 그것만이 원인은 아니고 유교 교육 때문에 표정을 드러내지 않는다고 말했다. 이 말만 번지르르하게 하는 사람은, 지금도 동아시아 학교에서는 『논어』를 강제적으로 읽힌다고 언급한 뒤 만족스러운 표정으로 주위를 둘러보았다. 주위 사람들이 감탄하는 모습을 보면서 만족에 빠지고 싶은 것 같았다. 하지만 다들 그다지 놀란 눈치는 아니었다. 『논어』가 무슨 책인지를 모르니 놀라지 않음도 당연했다.

　그때 갑자기 목사가 일어서서 "성룡 김은 신앙심 깊은 기독교 신자예요!" 하고 말했다. 다들 깜짝 놀랐다. 목사는 병원 안에 있는 교회에서 일요일마다 예배를 진행했다. 성룡은 매주 꼬박꼬박 예배를 보러 왔다. 이 동네에 사는 다른 많은 한국 사람처럼 성룡도 독실한 기독교 신자였다. 그 말을 듣자 말만 번지르르하게 하는 사람도 뭐라고 반박할 수 없었다. 그

페르소나

17

래도 유타의 말이 사람늘 마음속에 남았다. 선해 보여도 가면 같은 얼굴 뒤에서 무슨 생각을 하는지 알 수가 없다고, 소문을 퍼뜨리는 사람들이 점점 늘어났다. 그 뒤로 성룡은 위가 나빠져서 함부르크에 있는 에펜도르프 병원에 입원했다.

카타리나는 회의에서 일어난 일을 모두 미치코에게 전화로 전한 뒤 "심하지 않아?" 하고 동의를 구하듯이 말했다. "그러네." 하고 미치코는 간단히 대답했을 뿐이었다. 카타리나는 화가 나지 않느냐고 물었다. 미치코는 화가 난다고 냉정하게 대답했다. 그렇게 대답하면서 자기 눈물이 수화기 구멍으로 빠질 듯 빠지지 않고 거실 바닥으로 떨어지는 광경을 바라보았다. 전화를 끊은 다음, 미치코는 자기가 이렇게까지 냉정하니 내면에 잔인함을 감추고 있다는 말을 듣는 것일 수도 있겠다는 생각이 들었고, 쓴웃음이 나왔다.

그리고 미치코는 안쪽 방을 향해서 "가즈오! 가즈오!" 하고 불렀다. 무언가 빨리 하고 싶은 말이 있을 때 미치코는 반드시 이런 식으로 가즈오를 불렀다. 하고 싶은 말이 없을 때는 가즈오가 있는지 없는지 굳이 확인해 보지도 않았다. 가즈오는 안쪽 방에서 몇 시간이고 소리 없이 공부를 하곤 했다. 그래서 이름을 불러서 확인해 보지 않으면 집에 있는지 없는지 몰랐다.

"가즈오! 가즈오!" 하고 부르며, 미치코는 카타리나와

통화하면서 귀로 쏟아져 들어와 무겁게 짓누르는 것들을 입 밖으로 시원하게 내보내고 싶었다. 가즈오에게 그 이야기들을 털어놓으면 몸이 가벼워질 것 같았다. 그런데 가즈오는 방에 없었다.

가즈오는 한번 나가면 밤이 되어야 돌아왔다. 밤 9시에 들어오면 미치코는 '도서관에 갔다 왔군.' 하고 짐작했다. 가즈오가 어디에 가든 자기와는 큰 상관이 없다고 생각했다. 그러니 가즈오가 집에 있는지 없는지 확인하지 않을 때가 많았다. 하지만 일단 없음을 알게 되면 어디에 갔는지 알고 싶어서 참을 수가 없었다. 특히 밤 9시가 돼도 집에 오지 않으면 도대체 어디에 갔는지 이상할 따름이었다. 가즈오에게는 같이 밤을 새워 술을 마실 친구도, 같은 이불 밑에서 잠잘 친구도 없을 터였다. 가즈오는 한밤중에 들어올 때면 자기가 어디에 갔다 왔는지 미치코에게 말하지 않았다.

그날 가즈오는 9시 전에 집에 돌아왔다. 귀가하자마자 "튀김은?" 하고 물었다. 가즈오는 기분이 안 좋을 때마저 눈을 가늘게 뜨면 마치 다정하게 웃는 양 보였다. "오늘 밤 튀김 만든다고 하지 않았어?" 하고 가즈오는 놀란 미치코에게 말했다. 미치코는 레나테의 일을 어떻게 이야기해야 좋을지만을 생각하고 있었으므로 갑자기 튀김은 어찌 됐느냐는 말을 듣자 당황했다. 그래서 "아이쿠, 잊어버렸네." 하고 부엌으로

페르소나

달려갔다. 가즈오는 "왜 그렇게 당황해?" 하며 눈을 가늘게 떴다. 그러고는 어깨에 아픈 상처라도 있는 듯 가만히 코트를 벗어서 의자 등받이에 걸쳐 놓았다.

가즈오는 아파트에 오면 늘 마음이 놓였다. 기숙사에 살지 않아서 다행이었다. 대학교 사람들과 나눈 대화를 떠올리면 한없이 귀찮음이 밀려왔다. '아무것도 물어보지 않았으면 좋겠다. 혼자 있게 놔두면 좋겠다.' 미치코에게는 많은 것을 설명하지 않아도 되었다. 아무것도 설명하지 않고 뭉그적거리고 있으면 자기도 모르게 온화한 기분이 돼서 미치코에게 다정하게 행동할 수 있었다. 그 상태로 멍하게 온화한 세상 속으로 살며시 들어갈 수 있었다. 그리고 미치코 또한 분명히 같은 느낌이리라는 생각이 들었다. "그렇지?" 하고 짧게 묻기만 해도 괜찮았다. 대답을 기다리지 않아도 문제없었다. '내가 나쁜 행동을 한 것은 아닐까.' 하고 고뇌할 필요 역시 없었다.

미치코는 부엌에 들어가서 장바구니에 든 당근 하나를 꺼냈는데, 돌연 어떤 충동에 휩싸여서 당근을 오른손에 꼭 쥔 채 가즈오의 방으로 갔다. 청바지를 벗고 운동복으로 갈아입고 있던 가즈오는 놀라서 상반신만 뒤돌아보았다. 거기 문가에는 당근 한 개를 손에 꼭 쥔 미치코가 서 있었다. 미치코의 눈에는 가즈오가 보이지 않는 것 같았다. 미치코는 오른손에 쥔 당근으로 왼쪽 손바닥을 잘게 치며 성룡 김의 이야기를 했다. 가즈오가 보기에 미치코는 마치 다른 사람에게 말하는 것 같았다. 이럴 때면 가즈오는 그들 남매 사이를 잇는 끈을 모두 잃어버린 느낌이었다.

"정말 심하지 않아?" 하고 미치코가 동의를 구해도 가즈오는 무엇이 그렇게 미치코를 흥분하게 했는지 알 수 없었다. "그러니까, 한국 사람한테 표정이 없다고 말했다면 그 사람은 그렇게 생각하나 보지." 하고 가즈오는 귀찮다는 듯 대답했다. "그 김 어쩌고 하는 사람을 잘 아는 것도 아니잖아?" 그러자 미치코는 "잘 몰라. 하지만 네가 얼굴에 표정이 없다는 이유만으로 살인 용의자가 된다고 생각해 봐. 말이 돼?" 하고 받아쳤다. "왜 내가 살인 용의자가 되는데?" 하고 가즈오는 놀란 티를 냈다. 놀란 티를 낸 이유는 얼른 이야기를 끝마치고 튀김이 먹고 싶었기 때문이다. 미치코는 "동아시아 사람은 유교 교육을 받아서 감정을 잘 표현하지 못한대. 그렇게 말한 사람도 있어." 하고 덧붙였다. 미치코는 하고 싶은 말이 더 남아 있었다. 그러나 아무리 이야기를 해도 가즈오는 화를 낼 기미조차 없었다. "유교가 뭐가 어때서 그래?" 하고 가즈오는 비웃듯 대꾸했다. "일본인이 근면한 것은 유교 덕분이야, 그래서 나라를 그렇게 발전시킨 거라고. 반대로 한국은 기독교를 고마워하니까 유럽이랑 똑같이 뒤처지는 거고." 하고 가즈오는 비아냥거렸다. 가즈오는 미치코가 '동아시아 사람'이라는 말을 쓰고 있음이 참 마음에 들지 않았다. 그런 말은 일본 어에 없을 터였다.

미치코는 더 얘기하기를 포기하고 부엌으로 돌아왔다. 가즈오와 대화하기를 포기했어도 미치코의 몸속에서는 어떤 톱니바퀴가 돌기 시작했다. 그 톱니바퀴가 움직이자 지금까지 완전히 잊고 있었던 다른 톱니바퀴도 돌기 시작했고 거기에 맞물려 또 다른 톱니바퀴까지 돌기 시작하며 끼익끼익 몸속에서 시끄러운 소리를 울렸다. 함부르크에 온 지 얼마 안 됐을 때 가즈오와 둘이서 오페라 극장에 간 적이 있었다. 돌아오는 길에 근처 레스토랑에 들렀다. 가즈오는 오페라 극장에서 바그너 연주회가 열릴 때마다 갈 예정이라고 말하며 신난 듯 소책자를 돌돌 말았다가 펼치기를 반복했다. 레스토랑에는 공연이 끝나서 그런지 사람이 붐볐고 점원도 좀처럼 우리 자리에 오지 않았다. 미치코는 크게 신경 쓰지 않았지만 가즈오는 거기에 슬슬 화가 나는 듯했다. 점원이 지나갈 때마다 가즈오는 손짓을 했지만 소용이 없었다. "일부러 무시하네." 하고 가즈오가 중얼거렸다. "그런 것 아니야." 하고 미치코가 웃었다. 미치코 혼자만 웃고 가즈오는 웃지 않았다. "웃음이 나와?" 하고 말하는 가즈오의 눈에는 조금 핏발이 서 있었다. "외국인이라서 무시하는 거잖아." 하고 가즈오는 중얼댔다. "그런 것 아니라고." 하고 미치코는 이번엔 웃지 않은 채 대답했다. 그러자 가즈오는 "베트남 난민하고 똑같이 취급하네." 하고 말했다. 가즈오는 '베트남 난민'이라는 말에 어떤 감정을 담았다. 그 어감이 미치코의 마음을 어둡게 했다. 증오나 경멸이라고 간단히 치부할 수 없는, 어떤 밑바닥으로 격하하려는 악의적인 어감이 가즈오의 목소리에 섞여 있었다.

튀김을 튀기려는 미치코의 마음속에서 그 어감이 다시 떠올랐다. 가즈오는 운동복으로 갈아입은 뒤 부엌으로 들어왔다. 미치코는 가즈오의 얼굴을 보고 싶지 않았다.

"내일 드디어 호시 선생님이 독일에 오셔." 가즈오가 다정한 목소리로 말했다. "공항에 마중 나가서 리퍼반*에 있는 중국 식당에서 함께 식사할 예정이야." 하고 가즈오가 말했다. 미치코는 뒤돌아보지 않았다.

"같이 가지 않을래? 호시 선생님, 기억나지?"

"기억 안 나." 미치코는 대답하면서 피망을 얇게 썰었다.

"독문학을 가르쳐 주셨던 분이잖아. 기억 안 나?" 가즈오는 살짝 놀라면서 말했다.

"기억 안 나." 미치코가 대답했다. 그렇게 대답한 순간에 불현듯이 호시 선생님이 기억났다. 하지만 이제 와서 '기억났다.'라고 말하고 싶지는 않았다. 미치코가 말했다. "만나지 않

* Reeperbahn. 독일 함부르크에 있는 유흥가.

는 편이 낫지 않아? 네가 변한 모습을 보고 스승이 실망할 수도 있어." 가즈오는 거기에 대답하지 않았다. 미치코가 하는 말에는 대답하지 않아도 괜찮았다. 대학 친구들이 하는 말이라면 설령 그것이 질문이 아니더라도 반드시 대답해야 했다. 무리하게 대답을 짜내서 마음에도 없는 말을 했다가 뒷감당을 해야 했던 일도 자주 있었다. 일본인 여성이 하는 말에는 일일이 대답하지 않아도 큰일 나지 않았다. 누나도 일본인 여성임을 생각하면 편안함이 솟아났다. 한번 길에서 누나를 우연히 본 적이 있었다. 가즈오는 처음에 그저 일본인 여성이라고 생각했는데, 조금 지나자 누나임을 알아보았다. 예전에는 누나가 거목처럼 느껴졌었다. 그런데 함부르크로 오고 나서는 막 부러질 듯한 가느다란 나뭇가지처럼 느껴졌다. 그리고 스스로도 종종 막 부러질 듯한 가느다란 나뭇가지처럼 느껴졌다. 하지만 미치코를 보고 있으면 자신은 가느다란 나뭇가지가 아니라 분명 미치코를 도와주는 사람이라고 느껴졌다. 만약 미치코가 홀로 이 동네에서 살았다면 얼마나 외롭겠는가. 자기가 있으니 미치코도 안정적으로 지내는 것이 아닌가, 하는 생각이 들었다. 가즈오는 생각에 잠길 때면 누나를 미치코라고 부르곤 했다. 독일어로 이야기할 때에 누나를 미치코라고 부를 때가 많아서 그랬다.

　둘은 이 년 동안 머무를 예정으로 독일에 왔다. 이 상태로 계속 미치코와 둘이 독일에 살면서 연구만 한다면 어떨까, 하고 가즈오는 종종 생각하곤 했다. 생각이라 해도 진지한 생각은 아니고 절반은 스스로를 놀리는 정도였다. 만년 유학생 남매로만 산다면 어떨까, 하고 미치코에게 말한 적도 있었다. 그때 미치코는 슬픈 표정을 지었다. 가즈오는 예정해 둔 이 년이라는 기간을 바꿀 생각이 전혀 없었다. 하루에 한 번씩 빨리 일본으로 돌아가고 싶다고 생각했다. 빨리 돌아가서 대학교에 무사히 자리 잡고 안정된 생활을 하고 싶다는 생각뿐이었다.

"호시 선생님은 몇 시에 도착하는 비행기로 오신대?" 미치코는 건성으로 물었다. 왜 그런 것을 묻는지 스스로조차 모른 채 물었다. "저녁 6시 정도일 거야." 가즈오의 대답이 귀에 들려왔다. 그래서 미치코는 "그렇다면 리퍼반에 도착하는 건 7시 정도일까?" 하고 물었는데, 막상 물으면서도 '내가 정말로 거기에 갈 생각인가?' 하고 남의 일처럼 느껴졌다.

내가 거기에 가지는 않으리라고, 미치코는 역시 남의 일처럼 생각했다. 호시 선생님과 만나고 싶지 않았고 호시 선생님과 대화하는 가즈오의 얼굴도 보고 싶지 않았다. "왜 하필이면 중국 식당에 가는데?" 하고 미치코는 비난하듯 말했다. 가즈오는 대답하지 않았다. 호시 선생님은 양식을 좋아하지 않기 때문이라고 대답할 수도 있었지만 미치코의 말에는 일

일이 대답하지 않아도 큰일 나지 않을 터였다.

미치코는 호시 선생님을 이야기로만 여러 번 들었을 뿐, 실제로 본 일은 한 번밖에 없었다. 아직 도쿄에 있었을 때 대학교 도서관 뒤에 있는 작은 길에서 가즈오가 오십 대 중반의 남자와 같이 걷고 있는 모습을 보고 흠칫 놀랐던 기억이 있다. 흠칫 놀랐던 까닭은 밝기가 다른 햇빛 속에 자리한 두 사람이 마치 손을 잡고 걷는 듯 보였기 때문이다. 물론 손을 잡으면 안 되는 이유는 전혀 없었다. 남자는 머리를 짧게 쳐냈으므로 뒤에서 봐도 목이 훤했다. 이상하리만치 두껍게 느껴지는 목이었다. 내 동생도 언젠가 저렇게 두꺼운 목을 가지게 될까, 하고 생각하니 미치코는 괜스레 화가 났다. 그날 밤 미치코는 중학생을 혼내기라도 하는 것 같은 말투로 "오늘 누구하고 같이 걸었어?" 하고 가즈오에게 따지듯이 물었다. 가즈오는 의아하다는 양 미치코의 얼굴을 가만히 쳐다봤다. "도서관 뒤에 있는 인적 없는 길에서 누구하고 걸어가고 있었잖아." 가즈오는 갑자기 웃음을 터뜨리더니 "난 또 뭐라고." 하고 말했다. "그 사람이 호시 선생님이야." 그러자 미치코는 기다렸다는 듯이 못된 말투로 말했다. "목이 엄청 두꺼운 사람이던데."

미치코가 못된 말을 할 때, 가즈오는 자기 안에서 갑자기 다정함이 솟아오르는 것 같았다. 스펀지가 물을 흡수하면 부풀듯이 가즈오의 마음속에서도 다정함이 부풀면서 아무리 독기 있는 말을 뒤집어써도 그것을 다 흡수해 가는 느낌이었다. 미치코는 자기가 독기 있는 말을 퍼부어도 가즈오가 아무렇지 않게 웃고 있으면 더 독기가 올랐다. "그다지 우수한 선생님처럼 보이지는 않아." 하고 나쁘게 말해도 가즈오는 화를 내기는커녕 "응, 호시 선생님은, 말하자면 문방구 주인 같은 느낌이니까."라고 말하며 웃을 뿐이었다. "중세 문학 같은 걸 연구하면 목이 두꺼워지는 건가." 하고 말해도 가즈오는 화내지 않고 "현대 문학 같은 걸 연구하면 어디가 두꺼워지려나."라고 말하며 미소 지었다.

그런 대거리에는 늘 어떤 즐거움이 따라다니곤 했는데 오늘 밤 미치코는 그 즐거움을 전혀 느낄 수 없었다. 너무 두껍게 잘라서 잘 튀겨지지 않는 당근이 기름 속에서 구시렁구시렁 소리를 내며 불평을 뿜어냈고, 미치코는 당근이 꼭 밉살스럽다는 듯이 긴 젓가락으로 당근을 좌로 우로 밀어냈다.

튀김은 시간이 지나도 완성되지 않았다. 그래도 가즈오는 불평하지 않았다. 눈을 가늘게 뜨고 잠자코 기다렸다. 겨우 튀김이 다 됐을 때는 벌써 밤이 깊었다. 식탁을 정리하는 동안 튀김이 식어 버렸다. 식은 튀김을 먹으면서 둘은 이제 아무런 이야기도 나누지 않았다.

그다음 날 아침, 미치코는 가즈오를 깨우지 않게 조용히 일어나서 홍차도 마시지 않고 나갈 준비를 했다. 가즈오를 깨우지 않으려고 했지만 가즈오의 잠자는 얼굴을 보러는 갔다. 혹시 깨우지 않았는지 걱정이 돼서 갔던 것이다. 깨우고 싶지 않은 마음이 너무 강해서 굳이 들여다봐야 했다. 가즈오의 침대는 거실 한쪽에 놓였는데, 공간을 분리한 장식장 뒤쪽에 있었다. 가즈오의 공부방 방문은 열쇠로 잠겨 있었지만 침대는 반쯤 노출된 공간에 마련되어 있었다. 가즈오는 혼자 방에 갇힌 듯 자고 싶지 않았다. 잠잘 때 누가 다가와서 발을 만지는 것은 꺼리지 않았지만 공부할 때 누가 얼씬대는 일은 바라지 않았다. 그래서 열쇠로 문을 잠그고 공부했다.

"어디 가는데." 미치코가 가즈오의 얼굴을 바라본 순간, 가즈오가 눈을 뜨고 물었다. 몸을 조금도 움직이지 않고 그저 갑자기 눈을 뜨고 그렇게 말했다. "사다 씨가 변압기를 사 달라고 부탁해서……." 미치코가 변명하듯 대답했다. "아, 변압기……." 가즈오는 그렇게 말하면서 한 손으로 목을 쓰다듬었다. 홀쭉하고 윤기 나는 목이었다.

미치코는 목욕탕에 들어가서 거울을 들여다보았다. 거울 속을 보면서 그림 형제의 동화 『오누이(Brüderchen und Schwesterchen, 1812)』를 멍하니 떠올렸다. 남동생이 마녀의 마법에 걸려서 사슴이 된 이야기였다. 누나는 왕과 결혼하고 남동생은 마법으로부터 풀려나서 인간의 모습으로 돌아오지만 그 뒤로 결혼하지도 않고 궁전에 사는 누나 곁에 머물며 계속 살아간다는 결말이 왠지 무섭게 느껴졌다.

미치코는 코트를 입고 가즈오의 곁에서 벗어나려는 듯이 아파트를 나섰다. 바깥은 아직 어스름이 깔려 있었다. 안개가 깊은 아침이었다. 아파트를 나오자 이 분도 지나지 않아서 그 로세베르크 거리로 나왔고, 튀르키예인이 운영하는 과일 가게와 이탈리아인이 운영하는 아이스크림 가게가 늘어서 있었다. 가게는 모두 닫혀 있었다. 한국 식품점 앞을 지나갈 때 간판에 적힌 한자를 보고 미치코는 성룡이 데려왔던 딸의 얼굴을 또렷이 떠올렸다. 마치 잊고 있었던 글자가 갑자기 생각난 것 같은 느낌이었다. 그렇게 떠오른 얼굴이 정말로 성룡의 딸의 얼굴인지는 자신할 수 없었다.

미치코는 동쪽으로 또 동쪽으로 쫓기듯 걸어갔다. 입김이 희미하게 흰색을 띠었고 숨을 내뱉을 때마다 눈앞의 안개는 더욱 짙어졌다. 동쪽으로 또 동쪽으로 미치코는 걸었다. 가게 안으로 나무 상자를 옮기던 남자가 "어디를 그렇게 서둘러 가는 거야?" 하고 미치코를 놀렸다. 남자의 검은 털은 귀밑에서 턱까지 선처럼 이어지다가 목에서 한 번 멈춘 다음, 옷깃을 젖힌 셔츠의 가슴 부근에서 다시 새로 시작됐다. 남자는 코트도 점퍼도 입지 않았다. 미치코는 아무 말도 없이 앞으로 앞으로 걸어갔다. 어떤 기묘한 기분이 미치코 안에서 생겨나더니 계속 부풀어 올랐다. 미치코는 그 기묘한 기분에 쫓기듯 동

페르소나

쪽으로 또 동쪽으로 걸어갔다. 안개는 변함없이 싵있나. 노로가 막힌 탓에 느릿느릿 움직이는 자동차 속에서 지루한 나머지 이쪽을 쳐다보는 이름 모를 직장인들의 눈빛이 느껴졌다. 면도한 턱을 한 손으로 쓰다듬었다가 말다가 하는 남자들의 눈빛이었다. 새하얀 와이셔츠의 칼라 밖으로 처진 목살이 약간 비어져 나온 남자들의 눈빛이었다. 이런 느낌이 들기 시작하면 이제 어쩔 수 없었다. 미치코는 걸음을 서둘렀다. 천천히 걷다가 만약 누군가가 입 밖으로 내뱉은 말이 자기 귓속으로 날아든다면 큰일이라고 미치코는 생각했다. 자동차 속의 남자들은 모두 입을 다물고 있는데도 미치코는 그렇게 생각했다. '리퍼반 역에서도 지하철을 탈 수 있으니까.' 하며 미치코는 침착하려고 노력했다. '지하철을 타고 중앙역으로 곧장 간다면 이 기분도 사라질 거야.' 하고 미치코는 생각했다.

그런데 리퍼반 역 앞에 당도한 미치코는 역 아래로 계단을 내려가지 않고, 한적한 아침이 찾아온 번화가를 마주 보고 선 채 주머니에서 세르비아의 사탕 한 개를 꺼내 먹었다. 연신 크게 소리 지르고 난 것처럼 목이 쉬었다. 미치코는 또다시 동쪽으로 걸어갔다. 이불로 몸을 휘감은 사람들이 길가 구석에서 자는 모습 외에는 인적이라곤 없었다. 길바닥에는 홍수가 지나가기라도 한 듯 담뱃갑이나 맥주 캔이 이리저리 흩어져 있었다. 밤중에 대홍수가 길을 덮쳐서 사람들의 가벼운 일상

용품들, 텅 빈 물건들을 휩쓸고 지나간 것 같았다. 어쩌면 그때 소중한 물건들, 안쪽에 보관해 뒀던 물건들마저 물에 휩쓸려 갔을지도 몰랐다. 자세히 보니 빨간 장갑과 개 목줄도 떨어져 있지 않은가. 인상을 찌푸린 남자아이가 책가방을 메고 그로세 프라이하이트 거리(Grosse Freiheit)에서 튀어나왔다.

"변압기를 사러 간다고요." 하고 미치코는 혼잣말을 했다. 누가 물어보지도 않았는데 변명을 하고 있었다. 변압기 따위는 어디에 가든 안 팔지도 몰랐다. 만약 판다면 중앙역 옆, 슈피탈 거리(Spitalerstrasse)에 있는 가게에서 팔 텐데, 거기로는 가고 싶지 않았다. 멋쟁이가 즐비한 거리를 그따위 것을 사기 위해서 걸어갈 만한 날이 아니었다. "그래도 전압을 안 바꿀 수는 없는데……." 하고 미치코는 스스로에게 변명하듯 혼잣말을 했다. 사실 정말로 가고 싶은 곳은 따로 있는데, 막상 가기가 무서워서 앞으로 앞으로만 나아가며 미루고 있지 않은가. 정말로 가고 싶은 곳이 따로 있음을 미치코도 알았다. 다만 그곳으로 가는 길을 못 찾을 따름이었다.

쇼윈도가 화려하게 행렬을 이루며 안개 속에서 빛의 터널을 만들어 냈다. 산처럼 쌓인 상품들이 길 양쪽에서 빛나며 사람들을 눌러 찌부러뜨릴 듯했고, 미치코는 그 사이에 끼인 채 계속 눈을 내리뜨며 걸었다. 눈을 내리뜨니 사람들의 얼굴은 눈에 안 들어오고 셰퍼드 한 마리가 백화점 앞에 앉아 있는 모습이 눈에 띄었다. 그 옆에는 선글라스를 쓴 사람이 길에 무릎 꿇고 앉아 있었다. 그 사람 앞에는 검은색 상자 하나가 놓여 있었다. 상자 안에서 1마르크* 동전 몇 닢이 반짝거렸다. 미치코는 걸음을 멈췄다. 건너편에서 한 통통한 사람이 햄버거를 베어 먹으며 걸어오고 있었다. 그 사람은 셰퍼드를 보더니 무표정한 얼굴로 먹다 만 빵을 그쪽으로 던졌다. 셰퍼드는 소녀의 목소리 같은 비명을 지르며 휙 뒤로 물러섰다. 토마토케첩인지 립스틱인지 피인지 모를 빨간 얼룩이 진 빵 조각을 셰퍼드는 악마라도 맞닥뜨린 양 노려보더니 쉬지 않고 짖어 댔다. 통통한 사람은 적선을 베풀었는데 받아들여지지 않자 모욕감을 느꼈는지 날카로운 금속성 웃음소리를 내더니 "너, 빵이 무서운 거니? 바보네, 빵이 무섭다니."라고 말하면서 셰퍼드에게 다가갔다. 셰퍼드는 겁을 내며 한층 격하게 부르짖었고 더욱 뒤로 물러서서 백화점 벽까지 몸을 착 밀착시켰다. 그때 선글라스를 쓴 사람이 옆에 둔 일 미터 정도의 나무 막대기를 꽉 잡고 일어섰다. 근처에서 이 상황을 보는 둥 마는 둥 하던 사람들이 비명을 질렀다. 통통한 사람도 말없이 하얗게 질린 얼굴로 그 자리에 굳은 듯 섰다. 하지만

＊ 독일의 옛 통화. 2002년에 유럽 연합의 화폐, 유로로 통합되면서 사용이 중단됐다.

선글라스를 쓴 사람은 통통한 사람에게 반응한 것이 아니었다. 그냥 자리에서 일어나서 다른 곳으로 옮겨 가려는 것뿐이었다. 손에 쥔 나무 막대기는 사람을 때리는 몽둥이가 아니라 걸을 때 의지하는 지팡이였다.

"변압기 있어요?" 미치코는 가정용품을 판매하는 큰 가게의 전기 제품 코너에서 침착한 체하며 물었다. '나는 지금 내 의도와 다른 질문을 하고 있는 것 같은데, 왜냐하면 정말로 알고 싶은 것을 묻지 않고, 정말로 가고 싶은 곳에 가지 않은 채 쓸데없는 용무를 보고 있으니까.' 하고 스스로를 일깨우며 그렇게 침착한 척 묻고 있었다.

"변압기요?" 젖빛을 띠고 뺨이 부푼 젊은 남성 점원이 의아하다는 듯이 되물었다. "일본 제품을 독일에서 쓸 때 필요하거든요. 그 변압기 말예요." 미치코는 설명했다. "그런 건 없어요." 점원은 대답하면서 냉랭한 웃음을 지었다. "하지만 변압기가 없으면 안 돼요. 어디로 가야 살 수 있는지 아세요?" 미치코는 평정심을 가장하며 물었다. "음, 저도 모르겠네요. 일본 제품을 안 쓰면 되잖아요?" 점원은 이렇게 말하더니 이번에는 큰 소리로 웃었다. 미치코는 서둘러 가게를 나왔다. 사다 씨는 텔레비전, 냉장고, 토스터, 다리미만을 가져온 것이 아니라 거품기, 연필깎이까지 일본에서 챙겨 왔다. 그래서 변압기가 부족했고, 미치코에게 더 사다 줄 수 없느냐고 부탁한 것이었다. 미치코는 혼잣말로 "변압기가 필요한 사람은 내가 아니고 사다 씨라는 말이에요."라고 중얼거렸다.

사다 씨가 부탁하긴 했지만, 무슨 수를 써서라도 그 부탁을 들어줘야 할 의무는 미치코에게 없었다. 사다 씨는 미치코에게 원하지 않는 일을 무리하게 강요하는 사람도 아니었다. 그저 독일어를 못하기에 미치코에게 여러 가지 부탁을 하는 것뿐이었다. 사다 씨는 부탁할 일이 있을 때 "미안한데요."라고 말하며 몸을 가까이 내민다. "미안한데요, 변압기 한 대가 모자라요. 다음 주까지 좀 사다 줄 수 있어요?" 사다 씨가 얼굴을 가까이 들이밀면 눈, 코, 입이 서로 이어져 있지 않아서 미치코는 문득 '일본 사람 얼굴이 이렇게 생겼었나.' 하고 의아할 때가 있었다.

그날은 사다 씨의 집에 가는 날이었다. 미치코는 일주일에 두 번, 사다 씨의 둘째 딸인 아유미에게 공부를 가르쳤다. 미치코는 대학원 1학년 때 정부 장학금을 받았었는데 연구 실적이 좋지 않아서 2학년 때는 결국 장학금을 연장할 수 없었다. 그래서 하는 수 없이 생계를 위해 자질구레한 일들을 해야 했다. 장학금을 연장한 가즈오와 달리, 미치코는 공부할 시간도 거의 없었다.

미치코는 아유미의 집에 가는 일이 힘들지 않았다. 아유미는 극심하게 말랐다. 팔꿈치가 당장이라도 부러질 듯했다.

팔을 잡으려고 했다가 자칫 부러지기라도 하면 어떡하나 싶을 정도로 소름 끼치게 말랐다. 그런데 힘이 넘치기도 해서 한자 연습을 할 때는 한번 쓰기 시작하면 종이가 가득 차도 다음 쪽으로 넘어가서 계속 쓰고, 연필이 뭉툭해지더라도 전기 연필 깎이로 다르륵 하고 깎아서 계속 썼으므로 미치코는 기가 막혀서 "이제 그 글자는 그만 쓰면 어떠니?" 하고 말하지만 그래도 멈추지 않았다. 무언가에 씐 듯한 그런 순간에 아유미의 눈빛을 보면 미치코는 당장 달아나서 집으로 가고 싶었다. "과외 아르바이트 힘들지요?" 하고 누가 물어보면 "아뇨, 편해요."라고 대답하는 것이 미치코에게는 습관이 됐다.

사다 씨의 집에 가야 한다고 생각하면서도 미치코는 남쪽으로 또 남쪽으로 걸어갔다. 버스라도 타고 빨리 집으로 돌아가서 화장을 하고 사다 씨의 집에 갈 준비를 해야 한다고 생각하면서도 미치코는 그곳과 관계없는 방향으로 걸어갔다. 세차게 쫓기는, 아까 느꼈던 그 이상한 느낌이 또 몸속 어딘가에서 생겨난 것 같았다. 그 느낌이 생겨나면 걸음을 멈출 수가 없었다.

그 느낌은 골반이 수축하는 느낌이었다. 바깥에서 세게 죄는 수축이 아니라, 안에서 밖으로 아픔 같은 것을 세게 짜내는 수축이었다. 아픔이 지속되는 시간은 일정하지 않았다. 아픔이 언제 끝나나, 언제 끝나나, 하고 생각만 하는 사이에

페르소나

35

시간의 흐름마저 잊어버려서 스스로도 어쩔 수 없는 상태가
됐다. 미치코가 아무리 이런 아픔조차 일단 끝나면 아팠던 시
간 역시 모두 삭제되니까 괜찮다고 위로해도, 그렇게 자신을
가라앉히고자 애써도 소용없었다. 왜냐하면 그렇게 위로하는
것이 무엇보다 옳지 않음을 미치코 스스로 잘 알았기 때문이
다. 아픔이 끝나더라도 아무것도 '삭제'되지 않으리라. 그러니
아픔이 정말로 끝나는 일은 없다.

　항구의 기중기가 가까이 다가왔다. 미치코는 엘베강이
나타나자 서쪽으로 꺾었다. 강은 철의 색깔을 띠고 있었다.
거대한 망치로 뭔가를 쉼 없이 두드리는 듯한 소리가 멀리서
들려왔다.

　미치코는 자기 아파트로 돌아가서 화장을 해야 한다고
생각했다. 사다 씨의 집에 갈 때는 화장을 한다. 처음에는 화
장하지 않고 다녔다. 그러면 아유미가 "선생님 얼굴은 일본
사람의 얼굴 같지 않아요." 하고 말했다. 자신의 어머니와 똑
같이 몸을 바싹 내민 채 코앞에서 미치코의 얼굴을 바라보며
그렇게 말했다. "선생님은 꼭 베트남 사람 같아요." 그러면
아유미의 어머니가 허둥대며 "아유미, 선생님께 그런 말을 하
면 안 되지!" 하고 아유미를 엄하게 꾸짖었다. 그리고 마치 아
유미가 미치코에게 심한 말을 하기라도 한 듯 머리 숙이며 사
과했다.

미치코는 엘베강을 따라서 서쪽으로 또 서쪽으로 걸었다. 어떤 금지된 행동을 하는 것 같아서 마음이 무거웠다.

동네에는 언제부터인지 피하게 되는 거리와 구역이 있다. 피한다는 말은 위험한 무엇 때문에 일부러 가지 않는다는 뜻이 아니다. 언제부터인가 피하고 있지만 딱히 볼일 없어서 간 적이 없다는 말과도 전혀 다르다. 볼일이야 만들면 되고, 더구나 미치코처럼 여러 아르바이트를 한다면 어떤 구역이든 쉬이 발을 들여놓을 수 있다. 그런데 그러지 않으니 역시 피하는 것이었다. 어쩌면 끌리기 때문에 더 조심해서 다가가지 않는지도 몰랐다. 그러나 지금은 항구 서쪽으로 내려가야 한다. 발이 멈추지 않는다.

미치코는 어시장을 빠져나가서 예전에 거대한 냉동 창고가 자리했던 장소 근처로 나왔다. 냉동 창고가 있었던 장소를 정확히 기억하지는 못했다. 언젠가 버스 안에서 그 냉동 창고를 본 적이 있을 뿐이다. 북해에서 운반해 온 냉동 생선을 가공하는 공장도 본 적이 있다.

스카프로 머리칼을 가린 튀르키예 여성들의 다부진 몸이 버스 정류장 주변에 모여 있었다. 일렬로 줄지어 버스를 기다리지 않고 둥그렇게 서서 이야기를 나누고 있었다. 전부 여성들이었다. 공장 일을 시작하는 시각은 이른 아침 4시이고 지금은 벌써 일을 마치고 집으로 돌아가서 아이들에게 점심을

페르소나

차려 주고 빨래를 할 시간이다. 여성들의 옷에는 생선 냄새가 배었다. 그들 옆을 지나갈 때 미치코의 입속에는 침이 고였다. 미치코는 지금까지 피해 왔던 구역에 이미 발을 들여놓은 상태였다. 공장 바로 옆에는 난민 수용소가 있었고, 흑인들은 미치코가 여태껏 본 적 없는 멋진 청바지와 점퍼를 입고 서서 이야기를 하고 있었다. 전부 남성들이었고 여성은 한 명도 없었다. 미치코를 본 그들 중 한 사람이 "헬로." 하고 말했다. 미치코는 반사적으로 뒤돌아보았다. 그 남자는 허리 부근에 야자수와 태양 무늬가 아플리케*로 장식된 바지를 입었다. "베트남에서 왔나?" 그 남자는 미치코에게 영어로 물어봤다. 그 남자의 뒤에 선 다른 남자가 끝내주게 근사한 점퍼를 입고 공작새가 날개를 부리듯이 점퍼를 펼치며 다가왔다. "한국 사람인가?" 하고 물었다. 어느덧 몇 개의 얼굴이 미치코를 둘러싼 채 대답을 기다렸다. "태국 사람일지도 몰라."라고 말하는 목소리가 들렸다. "아니야, 필리핀 사람일걸."이라고 말하는 또 다른 목소리가 들려왔다.

　"아니야, 일본 사람이야." 미치코가 하는 수 없이 대답했다. "아, 도요타였군!" 첫 번째로 말하던 남자가 이렇게 외치

---

*　Applique. 바탕천 위에 여러 형태로 자른 천, 레이스, 가죽 따위를 덧대서 바느질한 수예.

고는 간드러지게 웃었다. 미치코는 몸을 바로 향하고 다시 앞으로 걸어갔다. '나는 도요타가 아니야.' 그런데 그런 생각을 하자마자 자신이 정말로 작은 자동차가 된 기분이었다.

"어쨌든 저 녀석은 머리가 '트라비'*잖아." 토마스는 동독에서 온 친구를 그렇게 험담했었다. 그런 식으로 가벼이 말을 내뱉었던 토마스는 스스로 벤츠라고 하였다. 벤츠가 된 토마스는 초라하게 보였다. 미치코는 어떤 자동차에서든, 설령 그것이 비싼 자동차이더라도 늘 어떤 초라함을 느꼈다. 생계에 찌든 인간의 허세와 자동차 공장의 이미지가 겹쳐지면서 초라함을 느꼈다.

'나는 자동차가 아니야.' 미치코는 그렇게 생각했지만 자동차를 생산하지 않는 나라의 사람이 보기에 자기 역시 한 대의 자동차에 불과할 수도 있겠다는 생각이 들었다. 미치코는 숨이 막혀서 걸음을 늦추었다.

조립식 아파트가 강가에 닿을락 말락 서 있었다. 강가에 서 있다기보다는 수상 가옥이었다. 육지에는 이 사람들이 살아갈 장소가 없기 때문이다. 아파트의 회색 벽에 달린 간판 '플로텔 오이로파(Flotel Europa)'가 도드라졌다. '떠 있는

＊　Trabi. 한때 동독에서 생산됐던 소형 자동차, 트라반트(Trabant)의 준말이다.

집 유럽.' 유럽의 일부가 물에 떠 있었다. 이런 이름의 아파트에 사는 이들은 동유럽에서 온 사람들이었다. 제대로 된 집을 찾을 때까지 일시적으로 조립식 아파트에서 살았다. 제대로 된 집을 찾기까지는 몇 개월이 걸리기도 했다. 일 년이 지나도 집을 찾지 못하는 사람들 역시 있었다. 그래도 폴란드 사람들, 루마니아 사람들, 알바니아 사람들은 물 위에서 살면서 독일어를 배우고 독일 정부로부터 생활비를 보조받았다. 미치코는 그들이 그렇게 독일에 적응하도록 훈련받고 있다는 사실을 신문에서 봤으므로 알고 있었다. 그러나 그것과 전혀 다른 어떤 막연한 느낌으로 미치코는 그 아파트에 끌렸다. 1층 창문으로 부스스한 검은 머리카락이 흔들리는 모습이 보였다. 아니, 머리카락이 흔들리는 모습을 본 것 같았다. 미치코는 저기에 가까이 다가가서는 안 된다고 생각했다. 너무나 끌렸기 때문에 피해야 한다고 느낀 것이다. 옛날에 이와 비슷한 경험을 했고, 그 기억이 몸의 살덩이 어딘가에 파묻혀 있었으므로 그렇게 느꼈다. 하지만 그 파묻힌 기억도 꺼낼 수가 없었다. 어디에 파묻혀 있는지조차 짐작 가지 않았다. 짐작할 수도 없는 그 장소를 찾아내고야 말겠다는 듯이 미치코는 힘겹게 그 아파트에 가까이 다가갔다. 가장 안쪽에 있는 문이 열리더니 검은 머리카락을 마치 새 둥지처럼 머리통에 얹은 남자가 나왔다.

남자는 다부지지만 작은 체구였고, 검은색 점퍼 안에는 달랑 얇은 폴로셔츠 하나만 입고 있었다. 청바지 한 군데가 찢겨서 새까만 털로 뒤덮인 넓적다리가 조금 보였다. 미치코는 왜 자기가 이 아파트 코앞까지 왔는지 적절히 설명할수 없었다. 남자는 미치코가 왜 거기에 서 있는지 물어보려고 하지 않았다. 남자의 이름은 하심이었고 삼 개월 전에 알바니아에서 왔다고 한다. 나이는 스물한 살이라고 말했지만거짓말일 수도 있었다. 아직 사춘기의 흔적이 남은 말투로 봐서 열일곱 살 정도로 보였다. 미치코는 두 사람이 극히 평범한 이야기를 나누고 있다고 생각하면서도 그동안 피해 왔던장소에 자기가 발을 들여놨다는 사실을 한순간도 잊지 않았다. "당신은 베트남에서 왔나요?" 하고 묻는 하심은 어학교에서 배웠음이 분명한 교과서적인 독일어를 썼고, 뭔가 느끼는듯이 한시도 발을 가만두지 않고 계속 움직였다. 하심은 베트남 사람과 대화해 봤겠지만 일본 사람과는 이야기를 나눈 적이 없을 것이다. 하심은 신기하다는 듯 미치코의 가슴에 달린브로치를 만졌다. 하심은 그 아파트에서 형과 둘이 살고 있었다. 하심은 미치코에게 집을 보고 싶으냐고 물었다. 미치코는피하고 싶었던 장소에 점점 깊숙이 발을 들여놓고 있었다. 꼭발을 들여놓고 싶었느냐고 묻는다면 그렇지는 않았다. 정말로 피하고 싶었다면 피할 수도 있었는데 그러지 않았다. 미치코는 그 느낌이 자기 안의 느낌 같지 않았다. 미치코는 그 느낌이 바깥에서 자신을 강타한 힘 같다고도 생각하지 않았다. 안도 바깥도 없었다. 그래서 아무 생각 없이 격렬한 흐름의 포로가 됐고, 시간이 지난 뒤 스스로의 모습을 마치 영화 속 인물을 기억하듯이 떠올렸다. 해서는 안 되는 행동을 했다는 느낌은 전혀 들지 않았다.

다만 가즈오에게 조금 미안한 마음이 들었다. 하지만 그것 역시 미치코만의 생각일지도 모른다. 사실 가즈오에게 켕길 이유는 전혀 없었다. 더구나 미치코가 모두들 흔히 생각하는 그런 여성이 아니라는 점을 가즈오는 분명히 알고 있었다. 그 점을 아는 사람이 있다면 가즈오 말고는 아무도 없다고, 미치코는 생각했다.

미치코는 조립식 아파트를 도망치듯 나와서 멀리 갔다. 자신이 가까이 다가갔던 곳에서 도망치듯이 멀어졌다. 그리고 때마침 도착한 알토나 역으로 향하는 버스에 뛰듯이 올라탔다. 운전기사는 미치코를 의아하게 쳐다봤다. 뭔가 이상한 낌새를 느낀 것일까. 단지 정기 승차권을 가지고 있는지 의심하는 것일 수도 있었다. 미치코는 얼굴을 가릴 수 있도록 버스의 맨 뒷자리에 앉았다. 얼른 집으로 돌아가서 일본인의 얼굴이 되게끔 화장을 해야겠다고, 미치코는 남의 일처럼 생각했다. 버스가 흔들려도 미치코는 아무것도 붙잡지 않았다. 손과 팔을 늘어뜨려서 불안정하게 공중에 떠 있듯 앉아 있었다. 마치 몸 어딘가에 붉은 반점이 생기기 시작해서 그것을 만지지 않도록 조심하는 듯했다. 붉은 두드러기를 만지면 곧바로 그 수가 급격히 늘어나서 분명 전신이 미치도록 가려울 터다. 미치코에게는 아픔 뒤에 반드시 가려움이 찾아왔다.

버스에서 내리자 안개비가 내렸다. 아니면 안개의 물방울이 너무 커져서 떨어지고 있을 뿐인지도 몰랐다. 미치코는 코트의 깃을 세우고 서둘러 집으로 갔다.

상점가를 걷다가 미치코는 갑자기 멈췄다. 호흡이 순간적으로 멈췄다. 어떤 남자의 옆얼굴이 시야 속으로 날아들었기 때문이다. 언젠가 카타리나와 같이 봤던 영화에서 나왔던 남자다. 그 남자는 미치코 바로 앞의 담배 가게에서 라이터를 사고 있었다. 라이터를 사면서 라이터를 원한다고 말하지 않고 "불이라고, 불!" 하면서 담배 가게의 점원에게 소리를 지르고 있었다. 목소리는 갈라져 있었다. 눈꼬리 주변의 살도 갈라져 있었다. 머리칼은 거의 없고 어깨가 말랐다. 나이는 들었지만 분명 그 남자라고 미치코는 생각했다. 왜냐하면 영화에서도 남자는 "불이라고, 불!" 하면서 소리를 질러 댔기 때문이다. 그 영화는 2차 세계 대전 중에 만들어진 교육 영화였다. 카타리나가 근무하는 정신 병원에서, 정신 병원의 역사를 주제로 일반인에게 공개하는 문화 행사를 열었을 때 미치

페르소나

코는 카타리나의 초대로 영화를 보러 갔었다.

영화는 눈 가장자리가 빨갛고 흰 가운을 입은 통통한 교수가 어린 간호사한테 유전자를 설명하는 장면으로 시작했다. 교수는 설명하면서 손에 든 막대기로 칠판에 붙은 나비 그림을 몇 번이나 세게 두드렸다. 간호사는 고개를 숙인 채 창피하다는 듯이 교수가 하는 말에 일일이 고개를 끄덕였다. '자연 도태'라는 단어가 화면에 크게 나타났다. 통통하고 피부가 하얀 아이들의 금발을 어머니가 빗질하는 화면이 나왔다. 아이들은 전부 일곱 명이었는데, 모두 너무 뚱뚱해서 손목이 살에 묻혀 안 보일 정도였다. '우세한 종은 번성한다, 그러나……'라는 자막이 화면에 나타났다. 그러더니 정신 병원의 복도가 나왔다. 아까 담배 가게에 있던 남자가 팔을 휘두르며 "불이라고, 불!" 하고 소리를 지르는 장면이 이어졌다. 무성(無聲)이었지만 남자의 입 모양을 응시하는 미치코의 귀에는 그 목소리가 분명히 들렸다. 카메라는 병원 복도를 지나서 병실로 들어갔다. 커다란 병실에 침대 몇십 개가 나란히 놓였고 그 침대 위에는 사람들의 몸이 묶여 있었다. 휘젓는 팔과 처올리는 한쪽 발이 간간이 보였다. 그러더니 눈알이 없는 더러운 새끼 고양이가 죽어 가는 모습이 나왔다. '돌연변이 종은 자연스럽게 소멸한다.'라는 자막이 화면에 나타났다.

카타리나는 거기까지 보다가 기분이 안 좋아져서 영사

실을 나가 버렸다. 미치코는 카타리나를 따라갔다. 카타리나
는 기절할 때도 있었으므로 혼자 놔둘 수가 없었다. 카타리나
는 복도에 있는 소파에 앉아서 쉬고 있었다. 미치코는 그 옆
에 앉아서 카타리나가 뭔가 말하기를 기다렸다. 카타리나는
아무 말도 하지 않았다. 그리고 둘은 커피를 마시러 병원 식
당으로 갔다. 미치코가 눈을 깜박일 때마다 아까 담배 가게에
있던 남자가 눈꺼풀 뒤로 나타나서 "불!" 하고 외쳤다. 카타
리나는 물었다. 2차 세계 대전 때 일본인도 정신 질환자를 죽
였느냐고. 미치코는 모른다고 대답했다. 정말로 몰랐다. 카타
리나가 물었다. 일본인이 중국인과 조선인뿐만 아니라 정신
질환자도 죽였느냐고. 그런 중대한 사실을 미치코가 모를 리
없다고 생각했기에 카타리나는 묻고 또 물었다. 미치코는 모
른다고 다시 한 번 대답했다.

그날 무겁고 괴로운 기분으로 귀가했던 일을 미치코는
기억한다. "가즈오! 가즈오!" 하고 불렀을 때, 가즈오는 잠옷
을 입은 채로 장식장 뒤쪽에서 나왔다. 감기 탓에 열이 나서
자고 있었다. 가즈오는 감기에 걸리면 반드시 설사를 했으므
로 일식만 먹을 수 있었다. 가즈오는 감기에 자주 걸렸다.

미치코는 그날 막 보고 온 영화에 대해서 이야기했다. 가
즈오는 묵묵히 듣고만 있었다. 그리고 미치코는 카타리나가
했던 질문을 가즈오에게도 똑같이 했다. "일본인은 전쟁 중에

다른 동아시아 사람뿐만 아니라 자국의 정신 질환자도 숙였을까?" 가즈오는 "모르겠어."라고 대답했다. 가즈오는 누나가 '동아시아 사람'이라는 말을 쓰는 점이 정말로 마음에 들지 않았다. 가즈오는 침대로 돌아와서 "나치가 유대인뿐만 아니라 동성애자와 집시*도 죽였으니까 이상한 일은 아니지." 하고 덧붙였다.

"일본 정신 병원의 역사를 살펴보면 알 수 있을까." 하고 미치코는 잠시 후 혼잣말을 했다. "누나도 피곤한 사람이다. 독문학을 하는 사람이 그런 전혀 관계없는 것까지 알아봐야 직성이 풀려?" 가즈오의 대답이 장식장 뒤쪽에서 돌아왔다.

"가즈오! 가즈오!" 하고 미치코는 집에 돌아오자마자 큰 소리로 동생의 이름을 불렀다. 대답이 없었다. 미치코는 장식장 뒤쪽의 침대를 들여다보았다. 가즈오가 없었다. 미치코는 실망해서 거실의 망가진 소파에 앉았다. 가즈오에게 오늘 일을 이야기하고 싶지는 않았다. 오늘 일을 이야기해서는 안 되었다. 그렇지만 미치코는 가즈오와 이야기함으로써 몸을 원래 상태로 돌아오게 하고 싶었다. 그렇게 하지 않으면 도저히

---

*   Gypsy. 9세기 무렵 북인도 지역에서 서아시아와 유럽으로 퍼져 나갔으리라 추정되는 유랑 민족. 독특하고 이질적인 존재로 받아들여지는 한편, 마녀사냥과 나치 학살의 대상이 되었다. 그리고 역사적으로 '집시'는 멸칭으로 사용되었기에 이제 '롬인'이라고 고쳐 부르고 있다.

사다 씨 집에 가지 못할 것 같았다. 가즈오가 있으면 미치코는 호흡이 안정되고 몸의 살이 고요히 맑아지는 느낌이었다. 가즈오가 없으면 미치코는 어딘가의 낯선 여인이 돼 버린 기분이었다. 미치코는 뜨거운 물로 샤워했다. 그리고 자기 눈에 안 보이는 등 가운데 부분의 살을 정성껏 씻었다.

사다 씨네 가족은 함부르크로 발령받은 무역 회사의 직원들이 많이 모여 사는 구역에 살고 있었다. 그곳은 오토마르센(Othmarschen)에서 블랑케네제(Blankenese)에 이르는 구역으로 함부르크의 서쪽 가장자리에 위치했고, 알토나 역에서 전철을 타면 이십 분도 걸리지 않았지만 미치코는 알토나보다 더 서쪽 방향으로 갈 때면 왠지 진정되지 않았다. 전철 안에서 문득 돌아갈까, 하고도 생각했다. 하지만 돌아가야 하는 이유가 생각나지 않았다. 전철에서 내린 뒤에는 더 이상 돌아가야겠다는 생각 없이, 마음속으로 숫자를 헤아리면서 걸었다.

"어머나, 선생님!" 사다 씨는 문을 열자마자 미치코를 보고 과장되게 놀란 척을 했다. 미치코는 사다 씨의 놀라워하는 모습에 곧바로 반응하지 못한 채 잠시 멍하니 못 박힌 듯서 있었다. 사다 씨가 억지로 크게 벌린 눈과 입은 마치 가면처럼 보였다. 미치코는 흠칫했다. 사다 씨의 얼굴이 가면처럼 보일 때면 거기엔 평상시에 볼 수 없는 박력이 감돌았다. 가면 속에서 고음으로 조절된 목소리가 들려왔다. "어머, 선생님. 오늘은 과외 하러 오지 않으셔도 되는데, 아유미가 선화 안 했나요?", "아니요." 미치코는 대답하면서 한 걸음 뒤로 물러섰다. "일단 들어와서 차라도 좀 드세요. 야마모토 씨도 있어요." 사다 씨는 그렇게 말하면서 해바라기 아플리케로 장식한 슬리퍼를 미치코 앞에 놓아 주었다. 미치코는 허둥대며 신발을 벗었다. "오늘은 큰애 생일 파티가 있어서 준비를 해야 하거든요. 그래서 아유미도 장 보러 나갔고, 큰애는 바이올린 레슨이 있어서 파티 직전까지 안 올 거예요. 그리고……." 등등 끝없이 말하면서 사다 씨는 쭈그려 앉은 채 무의미하게 슬리퍼의 위치를 바꿨다. 사다 씨의 관자놀이의 푸른 혈관이 알파벳 제이(J)의 형태로 도드라져 보였다. 그리고 거실에서 미치코를 맞이한 야마모토 씨의 관자놀이에도 닮은 듯 똑같은 제이 형태의 혈관이 도드라졌다. 혈관이 도드라졌음은 그 부분의 살이 얇다는 의미다. 그 대신 야마모토 씨는 뺨에서 턱까지의 살이 두꺼웠다. 미치코는 서둘러 제이 형태로 도드라진 혈관에서 시선을 돌렸다. 야마모토 씨가 비난하는 눈빛은 아니었지만, 의아한 듯이 미치코를 똑바로 쳐다봤기 때문이다.

"드릴 게 없지만 차라도 드세요." 사다 씨는 그렇게 말하며 전통 건과자를 대접에 담아서 미치코 앞으로 내밀었다. 어느덧 미치코는 해바라기 장식의 슬리퍼 덕분에 발이 따뜻해졌고, 대접해 준 건과자와 녹차를 먹고 있었다. "저희도 받은 건데요, 드세요." 하고 말하며 야마모토 씨가 화과자 하나를 작은 접시에 담아서 미치코 앞에 놓았다. 야마모토 씨는 사다 씨의 부엌에 있는 것들을 마치 자기 부엌인 양 속속들이 알고 있었다. 미치코는 자기가 예전에 야마모토 씨라는 사람을 본 적이 있는지 없는지 확신할 수 없었다. 사다 씨와 야마모토 씨는 꼭 닮았다. 닮았다는 이유로 혈연관계라고 단정할 수는 없으나 어쩌면 먼 친척일지도 몰랐다. 아니면 단지 두 사람 다 일본 사람이고, 여성이고, 나이도 비슷해서 닮았을 수도 있었다. 어쩌면 늘 함께 있어서 닮았을지도 몰랐다. 사다 씨는 야마모토 씨에게 복잡한 감정을 가질 때가 있을까. 그런 생각이 들자 미치코는 고개를 아래로 기울였다. 한낮이 저물어 갈 때 두 사람이 조용한 부엌에 앉아 있는데, 아이들과 남편은 밖에 나가고 없고 둘이서 테니스를 치러 갈 예정도, 딱히 뭘 사러 나갈 용건도 없고, 다만 두꺼운 살로 뒤덮인 따뜻한 육체 두 개가 세상에서 잊힌 듯 부엌에 있을 뿐 아무것도 없을 때, 어떤 순간적인 힘으로 두 사람이 서로에게 끌리고 미처 말을 찾기도 전에 오로지 몸만이 어떤 리듬 속으로 빨려 들어가는, 그런 일이 있을까.

"실례가 되니까 이제 그만 가 볼게요." 미치코는 고개를 떨군 채 말했다. "어머나, 벌써!" 사다 씨와 야마모토 씨가 동시에 외쳤다. 그러고 나서 두 사람은 동시에 일어섰다. 사다 씨는 찬장에서 새우맛 건과자를 꺼냈고, 그러는 동안 야마모토 씨는 주전자의 뜨거운 물을 찻주전자에 부었다.

미치코는 자기가 상상해 낸 것 같은 감정이 없더라도 두 사람은 평온히 살아가리라고 생각했다. 그런 감정이 없더라도 같은 리듬으로 살고 있으니 괜찮은 것이다. 미치코는 두 사람을 돕고 싶었지만 일어나지 않았다. 미치코가 그 리듬 속으로 들어가서는 안 됐기 때문이다. 그래서 미치코는 상반신만 막대기처럼 펴고 앉아서 어색하게 두 사람을 번갈아 쳐다볼 뿐이었다. 미치코는 마치 원주민의 집에서 차를 얻어 마시는 얼빠진 탐험가처럼 의자에 앉은 채 관자놀이에 제이 문양이 새겨진 두 사람을 관찰하기만 했다.

"바쁘시니 어서 하던 일을 하세요, 저는 신경 쓰지 마시고. 생일 파티 준비도 있잖아요." 미치코가 이렇게 입을 열었을 때 바깥에서 자동차의 경적이 세 차례 울렸다. 사다 씨는 "어머, 가와구치 가게에서 왔나 보다!"라고 말하더니 머리칼을 한 번 매만진 다음 서둘러 밖으로 나갔다. 야마모토 씨도 "어머, 가와구치 가게!"라고 말하더니 마치 사다 씨의 거울상인 양 머리칼을 한 번 매만진 다음 그 뒤를 따라 나갔다.

가와구치 가게는 일본 사람이 사는 집을 매일 자동차로 차례차례 돌며 집 앞에서 경적을 울린다. 물론 함부르크 전체를 도는 것은 아니고 일본 사람들이 모여 사는 구역만 돌기 때문에 미치코는 아직 한 번도 그 차를 본 적이 없었다. 사다 씨의 말에 따르면 그 차에서 일본 쌀, 일본 된장, 김은 물론이고 신선한 두부, 참치 횟감도 살 수 있다고 한다.

이윽고 사다 씨와 야마모토 씨는 "춥다, 추워." 하면서 비닐봉지에 먹을 것을 잔뜩 담아 가지고 왔다. "많이 기다렸죠?" 하면서 야마모토 씨는 미치코에게 가볍게 머리를 숙였고, 사다 씨는 비닐봉지 속의 먹거리를 냉장고에 넣었다.

"선생님 댁에는 가와구치 가게가 오지 않지요?" 사다 씨는 동정하듯이 물었다. "멀리까지 가서 시장을 보시나요, 아니면 혹시 독일식만 드세요?" 미치코는 '독일식'이라는 말을 처음 들었으므로 그것이 맞는 일본어인지 아닌지도 모르는 채 모호하게 대답했다. "아니요. 독일식인지 일식인지는 잘 모르겠는데 그때그때 적당히 먹어요.", "두부 같은 건 안 드세요?" 야마모토 씨가 물었다. "아니요, 물론 두부도 잘 먹어요. 두부는 그, 저기, 항상 한국 식품점에서 사 먹거든요." 미치코가 얼굴을 붉히며 대답하자 야마모토 씨는 실례되는 질문이라도 했다는 듯이 "어머나." 하고 말했다. 그러자 사다 씨는 반쯤 야마모토 씨를 핀잔하듯이 "조림을 만들 때는 그런 두부를 써도 돼요."라고 말했다.

"일본 두부보다 훨씬 맛있어요." 미치코는 그렇게 말하

페르소나

고 나서, 자기 목소리가 조금 떨리고 있음을, 다소 그치까시 했음을 느꼈다. 미치코는 절제된 목소리로 덧붙였다. "콩의 질감이 분명하게 느껴진다고요. 콩을 지나치게 갈아서 부드럽고 깨끗한 인상만 주려고 하는 일본 두부와는 달라요." 미치코는 자신의 일본어가 언덕을 뛰어 내려가는 속도로 형편없어지고 있음을 느꼈지만 이제 와서 어떡하겠는가. 자기가 정말로 생각하고 있는 바를 말하려고 하면 형편없는 일본어가 튀어나왔다. 자신이 태어나고 자란 나라의 말인데, 아니 스스로라고 믿는 사람을 낳은 말인데, 정말로 생각하는 바를 얘기하려고 하면 말이 형편없게 나왔다. 사다 씨와 야마모토 씨는 갑자기 조용해졌다.

"왠지 오렌지 리큐어라도 마시고 싶은 날씨네요." 이렇게 말하며 미치코는 녹차를 옆으로 밀어 놓았다. 그러자 사다 씨와 야마모토 씨는 동시에 튕기듯 일어나서 일본 전통 목각 인형이 들어 있는 장식장을 열었다. 목각 인형의 그늘 속 잘 안 보이는 자리에 리큐어 병이 놓여 있었다. 야마모토 씨도 술병이 어디에 있는지 다 알고 있었다. 두 사람 다 리큐어 병이 어디에 있는지 알고 있는 모습을 보니 어쩌면 두 사람은 가끔 늦은 오후에 리큐어를 함께 홀짝거릴지도 몰랐다. 야마모토 씨가 솜씨 좋게 유리컵 세 개를 가지고 왔다. 세 개의 유리컵에 액체를 가득 채우고 "건배." 하는 소리가 머뭇거리듯 나왔을 때, 미치코의 입에서 "성룡 김 나라의 두부를 위하여!"라는 말이 튀어나왔다. 사다 씨와 야마모토 씨는 영문도 모른 채 무슨 쓴 것이라도 마시듯 한숨에 리큐어를 들이켰다. 미치코는 달콤한 액체 속에서 아련하게 느껴지는 쌉싸름한 맛을 언제까지나 혀로 음미했다.

　"동생하고 같이 유학 중이시지요?" 야마모토 씨가 말했다. "부럽네요." 미치코는 거기에 아무런 대답도 하지 않았다. "동생분은 뭘 연구해요?" 야마모토 씨는 미간을 찌푸린 심각한 얼굴로 물으며 대답을 기다렸다. "중세 문학이요." 미치코가 쌀쌀맞게 대답하자 야마모토 씨는 당황한 얼굴로 "中世?" 하고 되풀이했다. 그때 미치코의 마음속에 '중성'이라는 단어가 떠올랐다.* 미치코는 당황해서 "현대나 고대가 아니라 중세의 문학이라고요." 하고 덧붙였다. 가즈오는 중성이 아니었다. 언제부터인가 미치코는 그 점을 달가워하지 않았지만 확실히 알았다. 그래도 미치코는 가끔 가즈오를 동성과 이성 사이에 존재하는 생명처럼 느끼기도 했다.

　"와!" 야마모토 씨가 감탄한 듯이 소리를 냈다. 일본 사람들은 동생이 뭘 연구하느냐고 물은 뒤 내가 중세 문학이라

* '중세(中世)'와 '중성(中性)'은 일본어 발음이 같은 동음이의어로서 '츄세이(ちゅうせい)'라고 발음한다.

페르소나

고 대답할 때마다 "와!" 하고 여봐란듯이 크게 감탄했다. 녹일 사람들 역시 "오!" 하며 여봐란듯이 크게 감탄했다.

가즈오는 말했었다. 현대 문학을 전공해서는 독일 사람들을 이길 수 없을 것 같지만 중세 문학이라면 이길 수 있을 것 같다고. 가즈오는 지는 것을 좋아하지 않았다. 어렸을 때부터 가즈오는 싸움에서 지는 것을 못 참았다. 그렇기 때문에 싸움을 피하는 온화한 사람이 됐는지도 모른다. 고등학교 때 야구를 그만두고 문학 연구에 투신하기로 결심했던 까닭도 지는 것을 견딜 수 없기 때문은 아니었을까.

호시 선생님도 말했었다. 중세 문학은 아직 사람이 모자라는 분야이니, 중세 문학을 제대로 공부한다면 틀림없이 장래에 인정받으리라고. 중세 문학을 전공한다고 말하면 독일에 가서도 독일 사람들로부터 존경받을 수 있지만, 반대로 현대 문학을 전공한다고 말하면 한 사람의 연구자로서 대우해 주지 않으리라고.

가즈오는 미치코에게 몇 번인가 말했었다. "현대 문학 같은 것 해 봤자 어차피 독일 사람들한테 지잖아." 미치코는 응수했다. "진다니 무슨 말이야? 전쟁도 아니고?" 가즈오는 '전쟁이랑 비슷하잖아.' 하고 속으로만 생각했다. 외국에 살면서 '전쟁'을 조금도 의식하지 않는 듯한 누나야말로 의외로 대범한 사람일 수도 있겠다고, 가즈오는 생각했다. 엄한 말투로 얘기하므로 엄격한 사람처럼 보이지만 사실 대범한 사람일 수도 있겠다고, 가즈오는 생각했다. 그런 생각을 하니 가즈오는 누나에게 새삼 호감이 들었고 누나가 하는 말에 화가 나지도, 누나가 자기를 기어이 설득했다는 느낌도 들지 않았다.

미치코는 독일 현대 문학이란 독일 사람들이 쓴 것만을 의미하지 않으므로 독일 사람들만이 독일 현대 문학의 연구자가 돼서는 곤란하다고 생각했지만 가즈오에게 그것을 말한 적은 없었다. 말하기가 어려웠다. 가즈오는 미치코가 진지한 얼굴로 어떤 이야기를 하면 바로 도망쳐 버리곤 했다. 가즈오는 미치코의 묘하게 진지한 모습을 견디지 못했다. 미치코도 가즈오가 그렇게 언짢아하는 모습을 보고 싶지 않았다. 가즈오가 미간을 찌푸리고 방을 나가 버릴 때마다 미치코는 눈물이 날 것만 같았다.

"동생분은 뭘 연구해요?" 놀랄 만큼 미치코가 자주 듣는 질문이었다. 남매가 같이 유학하는 경우는 드물었으므로, 미치코와 가즈오는 사람들 입에 자주 오르내렸다. 토마스가 옛날에는 그렇게 유학하는 경우가 많았다고 말했다. 결혼하지 않은 독일 청년이 이탈리아 같은 나라로 유학을 갈 때 자신을 돌봐 줄 사람으로서 여동생을 데려가곤 했다는 것이다. 양말을 빨아 주기 위해서.

"미치코는 뭘 연구해요?"라고 묻는 일본 사람은 좀처럼

페르소나

없었다. 좀처럼 정도가 아니라 이제껏 단 한 사람도 없었다. 미치코는 독일에서 살며 독일어로 소설을 쓰는 튀르키예 여성 작가에 대해 논문을 쓰고 있는 중이었다. '쓰고 있는'이라는 현재 진행형 상태였고, 이미 오랫동안 쓰고 있는 중이었다. '쓰려고 하는데요.' 또는 '쓰고 싶어요.'라고 다르게 말할 때도 있었다. 왜냐하면 쓰고 싶지만 쓸 수 없을 때가 너무 많기 때문이었다. 소설책을 펼쳐서 읽었고 그 소설에 대해 쓰고 싶어서 다시 읽었는데, 마침 글을 읽는 동안에 어떤 안 좋은 예감이 책을 쥔 미치코의 양손 손가락에 들러붙어서 미치코를 밑으로 밑으로 끌어내렸다. 그 밑에는 형태도 없이 차갑고 축축한 몸 같은 뭔가가 꿈틀거리고 있었다. 미치코는 그 몸과 친하게 지내고 싶지 않았다. 그런데 소설을 읽고 있으면 점점 밑으로 끌려 내려가서 더 이상 논문을 쓰고 말고의 문제가 아니었다. 그럴 때 미치코는 방 한구석에 웅크리고 앉아서 뺨을 무릎에 대고 세게 누르며 그 상태로 몇 시간이고 가만히 있곤 했다. '이대로 아무것도 쓰지 못하고 일본에 돌아가는 것인가.' 하는 생각이 떠오르면 견딜 수 없어서 다시 책상 앞에 앉을 때도 있었다. 책상 앞에 앉아서 밤새도록 있을 때도 있었다. 그런데도 논문은 쓸 수가 없었다.

리큐어를 따르고 마시고 따르고 마시는 와중에 취기가

돌았는지 미치코의 시야는 흔들거렸고, 사다 씨와 야마모토 씨의 모습마저 느릿느릿 흔들리기 시작했다. 흔들리다가 포개져서 두 사람은 하나가 되기도 했다. 어머, 그랬구나, 같은 말들이 하나가 돼 버린 두 사람의 입에서 들려오곤 했다.

미치코는 취기를 떨치려는 듯이 홱 대각선 방향으로 벽을 노려보았다. 어떤 얼굴이 미치코의 시선을 느끼고 원망하듯이 미치코를 같이 노려보았다. 여자의 얼굴이었다. 얼굴의 살은 다소 처진 듯 보였고 입이 반 정도 벌어져 있었다. 벌어진 입은 사람을 물어뜯을 것처럼 보이기도 했고, 너무 피곤해서 할 말을 잃은 듯 보이기도 했다. 갸름한 눈 위로 넓게 떨어진 눈썹이 구름처럼 떠 있었다. 몸은 없었다. 잘린 목처럼 얼굴만 있었고 그 얼굴은 벽에 걸린 가면이었다.

"후카이 가면*이에요." 미치코의 시선을 느낀 사다 씨가 말했다. "물론 가짜지요. 리버만 씨가 노가쿠를 좋아하더라고요. 도쿄에 있던 시절을 떠올리게 해 주는 추억의 물건이라면서 연신 노가쿠 이야기만 하지 뭐예요. 그래서 나도 영향을 받았다고 하면 뭣하지만 이렇게 가면으로 집을 꾸며 봤어요. 그랬더니 다들 좋아하더라고요. 선생님도 혹시 리버만 씨

---

*　深井の面. 일본의 전통 가면 음악극 '노가쿠(能樂)'에서 쓰이는 탈. 주로 중년 여성이나 미친 여성을 표현하는 가면이며, '후카이'라는 명칭은 깊은 경험, 깊은 근심, 깊은 애정에서 기인한다고 한다.

페르소나

를 아셨었나……."

"아니요." 미치코는 대답하면서 고개를 숙이고는 슬리퍼에 달린 해바라기 장식으로 시선을 던졌다. 왠지 해바라기 안에서도 후카이 가면이 노려보는 듯한 느낌이 들었다. 눈도 없이 입도 없이 단지 시선만으로 노려보는 느낌 말이다.

"가짜라고 말씀드렸는데 그래도 멋있지 않아요?" 야마모토 씨가 말했다. 야마모토 씨는 멋있다고 말하면서 징그럽다는 듯이 가면을 올려다봤다. 꼼꼼하고 진하게 립스틱을 바른 야마모토 씨의 입술 사이로 이빨이 보였다. 야마모토 씨의 이빨은 가면의 얼굴색과 똑같은 희누르스름한 빛깔이었다. "가짜여도 괜찮아요." 야마모토 씨는 자기를 격려하는 듯이 덧붙였다. 마치 가짜여도 이리 기분 나쁜 중년 여성의 가면인데 진짜였다면 더하지 않았겠느냐고 말하는 것 같았다.

"가짜여도 진짜 가짜예요." 사다 씨가 목소리를 낮추고 말했다. "이 가면은 스페인에서 만든 것이거든요." 미치코는 깜짝 놀라서 사다 씨를 쳐다봤다. 야마모토 씨가 갑자기 눈을 반짝이며 말했다. "스페인에서 종종 일본 기념품을 만들잖아요, 이 가면도 작년에 거기서 사 온 거예요. 잘 만들었죠?" 그러고는 약간 경멸조로 덧붙였다. "스페인 사람들은 느긋해서 참 부러워요." 그러자 사다 씨가 말했다. "태국하고 비슷한 곳이네요." 야마모토 씨도 말했다. "중국도 비슷한 느낌이지요." 두 사람은 남편 일을 계기로 여러 차례 외국을 다녀온 적이 있었다.

"중국이 그렇게 느긋한 나라는 아닌데요." 미치코는 재빨리 참견했다. 그 재빠름이란 평소에 말이 없고 움츠러든 사람이 저도 모르게 대담한 말을 내뱉어 버릴 때의 재빠름과 비슷했다.

"어머, 주전자를 불에 올려놓고!" 사다 씨가 말했다. 그때 현관 벨이 울렸다. 사다 씨는 현관문으로 날아갔고, 야마모토 씨는 부엌으로 날아갔다.

야마모토 씨가 부엌에서 돌아오며 갑자기 친근함이 묻어나는 목소리로 말했다. "대학교에서 공부하는 거 힘들지요?" 미치코는 대답 대신에 무언으로 아무 의미도 없는 흐리터분한 반응을 건넸다. 대답할 말이 없었던 것이다. "그래도 동생분이 우수하시니까 부러워요." 야마모토 씨가 말했다. '그 말은 벌써 들었어요.' 하고 미치코는 마음속으로 생각했다. 야마모토 씨의 이빨이 분명히 보였다. '이빨은 벌써 봤어요.' 미치코는 또 마음속으로 생각했다. 그리고 다시 후카이 가면을 올려다보았다. '가즈오는 지금쯤 공항에 도착했을까.' 공항 화장실에서 넥타이를 매만지고 곤두서는 머리카락을 가다듬으며 호시 선생님을 기다리는 가즈오의 얼굴이 떠올랐다. 가즈오의 눈은 가면의 눈과 똑같이 갸름한데 다만 다른 점이라면

페르소나

가즈오의 얼굴에는 원망스러운 기색이 조금도 없다는 것이었다. 가면의 얼굴은 미치코를 향해서 무언가를 하소연하는 듯했으나 가즈오의 얼굴은 그렇지 않았다. 오히려 가즈오의 얼굴이 더 가면 같지 않은가. 가즈오는 운이 나쁘면 범죄 혐의를 받을 수 있는 얼굴이다. 저렇게 표정이 없다니 아주 수상한 남자라고, 독일 사람들이 말할지도 모른다. 그러면 가즈오도 미치코가 왜 성룡의 사건 때문에 이런 기분을 느끼는지 깨달을지도 모른다. '만약 가즈오가 범죄 혐의를 받는다면 내 마음이 참 개운할 텐데.'

미치코는 가끔 가즈오에게 잔인한 생각을 품을 때가 있었다. 자기가 하는 말을 가즈오가 무시하고 받아들이려 하지 않을 때 특히 그랬다. 아직 초등학생일 적에 가즈오는 어떤 장난에 푹 빠져 있었는데, 바로 지렁이를 돌로 때려서 두 동강을 내는 장난이었다. "폭격!"이라고 외치며 지렁이의 몸 한가운데를 돌로 세차게 때렸다. 그러면 지렁이는 피도 흘리지 않고 뚝 끊겼고 두 개로 갈라져서 미친 듯이 팔딱 뛰어다녔다. "그만두지 못해!" 미치코가 아무리 소리쳐도 가즈오는 재미있다는 듯이 미치코의 얼굴을 쳐다볼 뿐 멈추려 하지 않았다. 미치코는 갑자기 자기와 가즈오를 이어 주던 끈을 잃어버린 느낌이었다. 가즈오가 이런 장난에 열중한 모습을 처음 본 날에 미치코는 열이 났다. 열에 시달리며 몽롱한 의식 속에서 자기가 거대한 지렁이가 되어 가즈오에게 복수할 수 있다면 얼마나 좋을까, 생각했다. 가즈오의 몸을 휘감아서 숨을 못 쉴 정도로 세게 조른다면 가즈오는 고통스러워하리라. 아니면 가즈오가 연못에 빠져 버려도 좋았다. 물속에서 발버둥치면서 후회하는 가즈오의 모습을 떠올렸지만 미치코는 그런 스스로가 잔인하다고 여겨지지 않았다.

현관문 쪽에서 영어에 간간이 독일어를 섞어 말하는 사다 씨의 목소리가 들려왔다. "슈타이프 씨인가." 야마모토 씨가 나직이 말했다. 야마모토 씨는 사다 씨의 일이라면 뭐든지 알고 있었다. 사다 씨의 집에 누가 몇 시쯤, 무슨 일로 오는지도 알고 있었다. 사다 씨의 남편은 분명 그런 것들을 모를 것이다. 사다 씨는 좀처럼 돌아오지 않았다. 상대방이 사양하는데도 어서 집으로 들어오라고 권하는 것 같았다.

야마모토 씨는 지금이 기회라도 되는 양 돌연 미치코의 옆에 와서 미치코에게 몸을 딱 붙이더니 작은 소리로 물었다. "아까 말했던 성룡 김이라는 사람 말이에요, 어떤 사람이에요?" 미치코는 놀랐다. 자기가 언제 성룡의 이름을 말했는지, 성룡에 대해서 무엇을 말했는지 기억나지 않았다. "한국 사람이겠지요. 김은 그 돈을 가리킬 때의 '쇠 금(金)'을 쓰지요? 성룡은 어떤 한자를 써요?" 야마모토 씨는 그렇게 물어보며 호기심 때문에 미치코의 입에서 튀어나올 대답을 좀체 기다릴 수 없는지 고개를 비스듬히 기울인 채 미치코의 입속을 뚫어져라 쳐다봤다. 마치 어떤 한자를 쓰는지 모르면 성룡이 정체불명의 존재로 끝나 버리리라고 말하는 것처럼.

"성룡의 '성'은 '이룰 성(成)'이에요." 미치코가 대답했다. "'고도경제성장'의 그 '성'이죠?" 야마모토 씨가 거듭 상기시키듯 말했다. "'룡'은 '용 룡(龍)'이고요." 미치코가 말했다. "드래건(dragon) 할 때 그 '용' 말이지요, 멋있는 이름이네요." 야마모토 씨는 이렇게 말한 뒤 미치코의 얼굴을 살피듯 쳐다봤다. "하지만 결국에는 성룡 씨도 한국으로 돌아갈 거잖아요. 그러면 선생님도 힘드시겠어요." 야마모토 씨는 김성룡이 미치코와 결혼할 심산으로 독일에 있다고 생각하는 것 같았다.

토마스가 예전에 미치코에게 물었더랬다. "미치코(道子)는 무슨 뜻이야?", "타오*야." 미치코가 대답했을 때 토마스는 부럽다는 듯 눈을 가늘게 떴다. 토마스는 히피 세대인 숙부에게서 물려받은 노자의 『도덕경』 영문판을 몇 년 전부터 애독하고 있었다. '타오'라는 이름의 미치코가 토마스의 눈에는 바로 앞에 서 있음에도 멀리 서 있는 듯 보이는 것 같았다.

"그렇다면 남동생 가즈오는 무슨 뜻이야?" 토마스가 다

---

*   타오이즘(Taoism)은 도교(道敎)를 가리키는 영어 단어다.

시 물었다. "'가즈(和)'는 하모니(harmony), '오(男)'는 남자라는 뜻이야." 미치코는 반쯤 으쓱해하며 말했다. "그런 뜻이 아니라, 가즈오가 너에게 무슨 의미를 갖느냐고 물어보는 거야." 토마스가 갑자기 진지한 얼굴로 말했다. 그러자 가즈오라는 이름이 미치코의 머릿속에서 알파벳으로 변했다. "너는 왜 그 남자아이와 같이 사는데?"

"남동생과 같이 사는 데 이유가 필요해?" 미치코는 냉정하게 되물었다. 그런 질문에 화를 내고 싶지는 않았다. "적어도 평범하지는 않아." 토마스가 말했다. "너도 평범하지 않은 부분이 몇 군데는 있을걸." 미치코가 차갑게 말했다. "그게 뭐 어때서?" 토마스가 갑자기 거칠게 말했다.

미치코는 자기가 말하려던 바와 전혀 다른 것을 토마스가 상상하고 있기 때문에 스스로 언짢아하는 것은 아닌가, 하고 생각했다. 미치코가 말하려던 것은, 가령 토마스가 자동차에 타기 전에 백미러로 자기 이빨을 들여다보는 종류의 행동이었다. 마치 이빨을 점검함으로써 자기가 강하다는 사실을 다시 한 번 확인하려는 듯, 더군다나 자동차에 타기 전에, 더 군다나 미치코가 자신을 보고 있는데도 아무렇지 않게 그러는 것을……, 미치코는 그런 행동을 말하고 싶었다. 토마스는 반대로 이빨을 닦을 때면 거울을 보지 않고 복도에 선 채로 벽을 마주 볼 뿐이었다. 벽을 향해 서 있는 토마스는 재소

자처럼 보였다. 미치코는 그런 토마스를 비난한 적이 한 번도 없었다. 그래서 토마스가 남동생에 대해 아무 말도 하지 않기를 바랐다. 자기가 외박하면 남동생이 슬퍼하니 외박을 못 한다고 말하는 것도 단순한 핑계는 아니었다. 미치코가 외박해도 가즈오는 당연히 뭐라고 하지 않을 테지만, 가즈오가 외박을 신경 쓴다는 사실만으로도 미치코는 기분이 안 좋았다. 늦게라도 택시를 잡아타고 집으로 돌아가는 편이 나았다. 그런데 토마스는 그런 마음을 생각하지 않았다. 그런 마음을 말해도 토마스는 믿지 않았다. "네가 정말로 뭘 생각하는지 모르겠으니까."라고 토마스는 말했다. "너의 표정은 도무지 읽을 수가 없으니 거짓말을 해도 모르겠어."라고 토마스는 말했다. "너의 얼굴에는 표정이 없어. 미소를 지을 때도 정말 기뻐서 웃는 것처럼 보이지 않고, 우는 모습조차 전혀 본 적이 없어. 내 여동생은 사흘에 한 번씩 울어." 토마스는 자기 여동생과 나를 비교했다. "내 여동생은 슬플 때만 울지 않고 기쁠 때도 울어. 그런데 내가 지난 육 주간 휴가를 마치고 돌아왔을 때조차 너는 공항에서 전혀 기뻐하는 것 같지 않더라." 토마스는 미치코를 탓하듯이 말했다. "그리고 그때도 말이야," 하면서 토마스가 계속 얘기하려고 하자 미치코가 말을 잘랐다. "너는 왜 매번 차에 올라타기 전에 백미러로 이빨을 들여다보는 건데." 그러자 토마스는 한 방 얻어맞은 듯 입을 다물었다.

그 뒤로 두 사람은 아무런 이야기도 나누지 않았다.

슈타이프 씨는 사다 씨에게 등을 떠밀리다시피 하며 거실로 들어왔다. 슈타이프 씨는 미치코를 보더니 "어머!" 하고 놀라며 기쁘게 인사했다. 미치코는 일주일에 두 번 슈타이프 씨에게 일본어를 가르치고 있었으므로 둘은 서로 아는 사이였다. 슈타이프 씨는 남편의 직장 일로 내년 여름부터 삼 년 동안 오사카에 머물 예정이어서 일본어 개인 교습을 받고자 세 집 건너에 사는 사다 씨에게 수소문한 끝에 미치코를 소개받았다. 슈타이프 씨의 남편은 일이 바빠서 일본어를 배울 시간이 없었지만 슈타이프 씨는 일본어를 잘하고 싶은 마음이 간절했다. 외국어가 서툰 일본의 가사 도우미에게 다림질하면 안 되는 옷에 다림질을 하지 말라고, 또 반려견 슈누키에게 뼈 있는 생선을 주지 말라고 일본어로 부탁하고 싶었다.

"뼈 있는 생선을 일본어로 뭐라고 말해요?" 하고 슈타이프 씨가 첫 번째 교습 시간에 미치코에게 물어본 까닭도, 일본에 가서 그 같은 생선을 먹어 보고자 궁금해한 것이 아니었다. "일본 사람은 생선을 뼈 있는 채로 먹고, 눈알도 붙은 채로 먹는다면서요?" 슈타이프 씨는 미치코에게 걱정스러운 듯이 물어봤다. "전갱이 튀김 말이에요?" 미치코는 웃으면서 대답했다. "무섭네요." 슈타이프 씨가 말했다.

사다 씨가 자랑스러운 듯이 턱까지 들어 올린 채 가져온 것은 슈타이프 씨가 구운 초콜릿케이크였다. 사나 씨의 사녀가 생일 파티를 연다고 해서 일부러 가지고 온 것이다. "와, 굉장한 케이크네!" 야마모토 씨의 말이었다. 그러자 사다 씨가 "자기가 가져온 키위케이크도 굉장해." 하고 야마모토 씨에게 말했다. "아니야, 자기가 구운 치즈케이크가 더 굉장하지!" 야마모토 씨가 사다 씨에게 말했다. 그리고 사다 씨는 홍차를 끓이러 부엌으로 갔다. 야마모토 씨는 슈타이프 씨에게 미치코의 옆자리에 앉으라고 권했다. 슈타이프 씨는 자리에 앉더니 벽을 올려다본 순간 영어로 물어봤다. "저것은 노멘*인가요?" 야마모토 씨가 눈을 깜박이면서 미치코를 쳐다봤다. '노멘'이라는 말을 영어로 알아듣고 당황한 것 같았다. "네, 맞아요. 노멘이에요. 스페인에서 만든 것." 미치코가 말했다. "그럼 가짜인가요?" 슈타이프 씨가 미간을 찌푸리며 말했다. "뭐 그럴 수도 있지요. 하지만," 하고 미치코는 그 가면에 친근감을 느끼며 말을 이었다. "하지만 스페인제 노멘이 가짜라면 일본제 자동차도 가짜이지 않나요?"

　사다 씨가 홍차를 우려서 거실로 가지고 왔다. 사다 씨는 컵 네 개를 차례대로 놓으며 슈타이프 씨에게 영어로 물어봤다. "일본어 공부는 어때요? 어렵지 않아요?" 그러자 슈타

＊　　能面. 노가쿠의 등장인물들이 쓰는 가면.

이프 씨는 갑자기 일본어로 이렇게 말하는 것이었다. "뼈 있고 눈알이 붙은 생선은 개한테 주지 마세요." 사다 씨와 야마모토 씨는 놀라서 동시에 슈타이프 씨를 쳐다봤다. 두 사람의 표정은 다소 굳어졌다. 그러자 미치코가 당황해서 말했다. "지난주에 공부한 문장이에요. 가사 도우미에게 전하고 싶은 말을 연습하고 있어서 이런 말을 하는 거예요."

사다 씨가 잠시 뒤에 말했다. "오, 아주 잘하시는데요." 야마모토 씨가 말했다. "내 독일어는 너무 형편없어서 데어 (der), 데스(des), 뎀(dem), 덴(den)에 머물러 있어요.* 창피해요."

슈타이프 씨가 일본어로 또렷이 말했다. "파리채로 파리를 죽이지 마세요. 여기에 살충제가 있으니까요." 일본어를 잘한다고 칭찬받자 또다시 능숙하게 문장을 말해 보였다. 슈타이프 씨는 일본어를 말할 때 얼굴에서 표정이 사라졌다. 단어 하나하나를 정확히 발음하려고 거기에 온 정신을 집중한 나머지 다른 일은 모두 잊어버리는 것 같았다.

"파리채로 파리를 죽이면 파리 체액이 벽에 묻어서 얼룩지잖아요. 그걸 안 좋아한다고 해요." 미치코가 변명하듯이 해설해 줬다. 미치코는 이렇게 해설하면서 슈타이프 씨가 일

＊   네 단어 모두 독일어에서 남성 명사 앞에 사용하는 정관사다.

페르소나

본어 회화를 얼른 멈췄으면 하고 바랐나. 야마노보 씨가 "독일 아주머니들은 참 청결하지요, 창문도 매일 닦으시고." 하고 말했다. 사다 씨가 "정말 그래요." 하며 맞장구쳤으나 눈빛은 멍했다. 미치코는 야마모토 씨가 한 말을 슈타이프 씨에게 독일어로 전했다. 그 얘기를 들은 슈타이프 씨는 몸을 쑥 내밀고 말했다. "청결을 중시하는 건 일본 사람들이지요." 미치코는 슈타이프 씨의 깨끗하게 다듬은 손톱을 무심코 바라봤다. 그 손끝도 분명 평소에 잘 만지지 않는 뭔가를 만져서 더러워진 적이 있으리라고, 미치코는 문득 생각했다. 그러고는 리큐어를 자기 유리컵에 더 따랐다.

"일본은 인도처럼 콜레라나 말라리아도 없고, 목욕물에 들어갈 때도 일본만의 대단한 방식이 있다면서요." 슈타이프 씨는 영어로 말했다. 사다 씨와 야마모토 씨는 열심히 고개를 끄덕였다. "게다가 일본 사람은 마늘을 안 먹어서 체취가 없다면서요." 슈타이프 씨가 덧붙였다. 이번에는 사다 씨와 야마모토 씨가 무슨 뜻인지 모르겠다는 듯이 해설을 기다리며 미치코를 쳐다봤다.

"마늘이요, 마늘." 슈타이프 씨가 힘주어 말했다. 미치코는 "튀르키예 사람, 세르비아 사람, 그리스 사람이 늘 먹는 그 구근 식물 말예요. 일본 사람도 마늘 정도는 먹어요." 하고 짓궂게 말했다. "일본 사람도 외국에서는 외국인이잖아요, 그러니까 마늘 정도는 먹어요. 외국인을 마늘 먹는 사람들이라고 총칭하고 싶은 거잖아요. 그런데 독일 사람들도 마늘 많이 먹잖아요? 독일 사람도 외국에 가면 외국인이에요.” 미치코가 말하자 슈타이프 씨는 조금 상처받은 표정으로 미치코를 바라봤다. 미치코는 고개를 숙이고 리큐어를 유리컵에 더 따랐다. 슈타이프 씨가 오사카의 늦은 오후의 후덥지근한 더위 속에서 땀에 흠뻑 젖은 채 이마에 달라붙은 머리카락을 신경 쓰며 가사 도우미에게 이런저런 지시를 내리는 모습을 떠올리니, 미치코는 자칫 심술궂은 웃음을 터뜨릴 뻔했다. 하지만 소리 내서 웃으면 슈타이프 씨가 울어 버릴 것 같아서 웃을 수는 없었다. ‘마늘은 쓰지 마세요.’, ‘문어는 사지 마세요.’, ‘시금치 줄기는 잘라서 버리세요.’, ‘맥주는 냉장고에 넣지 마세요.’ 가사 도우미는 그런 말을 들으며 지시에 따르면서도 부루퉁하게 ‘뭐 이런 **외국인**이 다 있어?’ 하고 생각할지도 모른다. 자기 성에 찰 때까지 생활 구석구석 지시를 해야 하는 슈타이프 씨는 아무리 작은 일이라도 자신을 도와주는 사람의 습관과 판단을 따르지 않겠지. 영화에 나올 법한, 식민지에서 주인 여성과 하인이 대화하는 장면이 떠올랐다.

현관 벨이 울렸다. 미치코는 반사적으로 일어나서 비틀거렸다. “어머, 선생님. 앉아 계세요. 아유미가 온 거예요.” 사다 씨가 말했다. 사다 씨가 현관문 열쇠를 여는 소리가 들렸

페르소나

고, 아유미는 종이 가방을 들고 거실로 들어왔다. "안녕하세요." 아유미는 무감각하게 인사하더니 종이 가방을 거실 탁자 한가운데에 놓고 그 안에서 비닐봉지 몇 개를 꺼냈다. 비닐봉지 안에는 형형색색의 작은 만국기가 들어 있었다. 깃발은 우표 크기였고 이쑤시개가 붙어 있었다. 비닐봉지 하나에 깃발이 다섯 장씩 들어 있었다. 프랑스 국기, 이탈리아 국기, 미국 국기, 독일 국기, 일본 국기였다.

슈타이프 씨가 아유미에게 독일어로 물었다. "오늘 생일 파티에는 누가 오니?" 아유미는 엄마와 달리 함부르크에 온 지 얼마 안 됐을 때부터 독일어를 능숙하게 구사했다. 아유미는 일본 친구, 독일 친구의 이름을 차례대로 말했다. 그 와중에 손을 연신 움직이며 비닐봉지를 뜯어서 열었다. 그러고는 일본 국기와 독일 국기만 빼낸 뒤 나머지 국기들은 비닐봉지와 함께 쓰레기통에 버렸다. "많이 샀네!" 슈타이프 씨가 감탄한 듯이 말했다. 하지만 다섯 개 중에 세 개는 버리는 셈이라서 결국 남은 깃발은 그렇게 많지 않았다. 야마모토 씨가 옆에서 물었다. "깃발은 어디에 세울 거니?", "케이크에 꽂을 거야." 아유미가 말했다. 그 말을 신호로 삼아 다들 자리에서 일어나 부엌으로 갔다.

어슴푸레한 부엌에 검은색 케이크, 초록색 케이크, 흰색 케이크가 넓은 바다에 떠 있는 섬들처럼 놓였다. 아유미는 크림을 바른 그 부드러운 케이크 표면에 차례대로 깃발을 꽂았다. 아유미는 스스로 뭘 하는지 잊어버릴 정도로 집중했고, 주저하지도 않았다. 슈타이프 씨가 히스테릭한 소리로 웃었다. 그러자 사다 씨가 아유미를 나무라듯이 말했다. "아유미, 좀 더 차근차근히 하면 어떠니?" 하지만 그렇게 말하는 사다 씨의 얼굴은 만족스럽게 빛났다. "반자이〔萬歲〕!" 야마모토 씨가 말했다. 부엌 가득히 독일 국기와 일본 국기가 나란히 서 있었다.

미치코는 이 광경을 보는 동안 기분이 안 좋아져서 혼자 조용히 거실로 돌아왔다. 거실로 돌아와서 후카이 가면을 벽에서 떼어 낸 다음, 가만히 얼굴에 써 봤다. 그러고는 현관에 있는 전신 거울에 자기 모습을 비춰 봤다. 그러자 갑자기 자기 몸이 커진 것 같은 느낌이 들었다. 지금까지 얼굴에 가려져서 움츠러들었던 몸이 돌연 커진 듯 보였다. 더구나 그 가면은 여태껏 말로 드러나지 않았던 것들을 표정으로 분명히 나타내고 있었다. 미치코는 머리 뒷부분에 있는 가면 끈을 조절한 뒤 가면을 쓴 채로 코트를 챙겨 입고 조용히 사다 씨의 집을 나왔다. 사다 씨의 집에 있는 사람들은 미치코가 나갔음을 알아채지 못한 것 같았다. 바깥은 벌써 어스름했다.

반대편에서 여자아이 두 명이 가까이 다가왔다. 두 아이는 미치코를 보더니 갑자기 뼈가 부드러워지기라도 한 듯 몸

페르소나

71

을 젖히며 웃었다. 두 아이는 미치코의 가면을 손가락질하면서 서로 옆구리를 찔러 댔다. 미치코에게는 그 모습이 가면의 눈가에 뚫린 작은 구멍으로 보였는데, 마치 비디오테이프의 한 장면 같았다. 게다가 그 비디오테이프는 속도가 제멋대로인지 빨라졌다가 느려졌다가 오락가락했다. 역에 가까워지자 사람들이 늘어났다. 하지만 대부분 미치코의 시야를 한 번 가로지를 뿐 바로 사라져 버렸다. 꽃 가게 앞에 서 있는 나이 지긋한 여인이 이쪽을 보더니 입을 반쯤 벌린 채로 몸동작을 멈췄다. 미치코는 가면으로 얼굴을 가리고 걷는다기보다 오히려 몸을 드러내고 걷는 느낌이었다. 그리고 그 몸은 감상하는 몸이 아니라 강력한 말을 가진 몸이었다.

전철 안에서 미치코를 정면으로 쳐다보는 사람은 없었다. 미치코가 시야에 들어오면 바로 눈을 돌렸기 때문이다. 반대로 뒤에서 여러 가지 시선을 느꼈다. 속닥거리는 소리도 들렸다. 정신 병원이라는 말이 들린 것도 같았다. 하지만 미치코는 뒤돌아보려고 하지 않았다. 누가 뭐라고 말하든, 어쨌든 어떤 하나의 얼굴에서 해방됐다는 것만으로도 가슴이 벅찼다. 이렇게 당당하게 가슴을 펴고 걷고 있다니, 얼마나 오랜만의 일인가. 동생에게도 지금껏 이야기하지 않았던 것들을 털어놓을 수 있을 것만 같았다. 호시 선생님도 정말 피하고 싶었는데 그런 기분 역시 사라졌다. 도리어 호시 선생님을 만나면 할 이야기가 있을 것 같았다.

미치코는 리퍼반 역에서 내린 뒤 거리로 나왔다. 성인용품 가게나 포르노 영화관의 네온사인은 벌써 바쁘게 깜박이고 있었지만 사람은 뜸했다. 가게에 물건을 운반하거나 퇴근하는 길에 신문이나 와인을 사는 사람들만이 드문드문 종종걸음으로 지나갔다.

나체로 누운 작은 귀를 가진 여자가 그려진 간판, 야자수 곁의 해 질 녘 풍경을 바탕으로 거품이 이는 맥주가 그려진 간판 옆으로 미치코는 걸어서 나아갔다. 걸어가면서 미치코는 '이럴 리가 없어, 이럴 리가 없어.' 하고 마음속으로 거듭 말했다. 몇 걸음을 걸을 때마다 번화가의 화려한 간판 사이로 엉뚱한 중국 식당의 간판이 나타났기 때문이다. 가즈오가 '리퍼반에 있는 중국 식당'에서 호시 선생님과 만날 예정이라고 말했을 때 미치코는 아무 의심 없이 바로 그 중국 식당이리라고 생각했다. 그 밖의 중국 식당은 생각할 수조차 없었다. 가즈오와 함께 간 적이 있는 그 중국 식당은 이 거리에 한 군데밖에 없었다. 그리고 그 식당의 이름은 '금룡(金龍)'이었다. 그런데 아무리 걸어도 '금룡'은 보이지 않았다. 그 대신에 다른 이름의 작은 중국 식당이 몇 걸음을 걸을 때마다 나타났다. 한자 간판이 눈에 띌 때마다 미치코는 '이런, 또 중국 식당이잖아.' 하고 생각했다. 여러 가지 글꼴의 알파벳, 온갖 그림과

색깔과 무늬가 마구 뒤섞인 번화가의 한가운데서 한자만이 어떤 의미를 지닌 듯 눈 속으로 날아들었다. 그때마다 미치코는 '여기다!' 하고 생각했다. 그러나 그곳이 아니었다. 가즈오와 호시 선생님이 앉아서 미치코를 기다리는 곳, 가즈오와 호시 선생님이 앉아서 미치코 따위는 기다리지 않을지도 모르는 곳. 그곳을 발견하지 못한 채 미치코는 앞으로 앞으로 걸어갔다. 미치코는 길 끝에 이르면 다시 돌아서 반대쪽으로 걸어갔다. 그리고 길 반대쪽 끝까지 가면 다시 왔던 길을 되돌아갔다. 아무리 찾아도 금의 용〔金の龍〕은 보이지 않았다.

이상하게도 이날은 '언니도 들렀다 가셔.', '언니를 위한 즐거움도 준비돼 있어.'라면서 일본어로 말을 거는 호객꾼이 없었다. 미치코가 가장 일본인처럼 보이는 이날, 사람들은 미치코가 일본인임을 알지 못했다.

개 신랑 들이기

犬婿入り

늦은 오후의 햇빛이 여기저기에 널린 빨래에 새하얗게 붙었고 바람 한 점 없는 7월의 숨 막히는 습기가 공공 임대 아파트 단지 안에 머무르는 가운데, 아파트 단지 안을 홀로 걷는 노인도 길 한가운데서 갑자기 걸음을 멈추더니 대각선으로 뒤돌아보며 그 상태로 움직임을 멈추고, 이어서 단지를 벗어나려는 벽돌색 자동차도 힘이 다한 듯 우체통 옆에서 멈췄으나 차에서 사람은 내리지 않고, 죽어 가는 매미 소리인지 급식소의 기계 소리인지 낮은 울림만이 멀리서 들려오고, 그 밖의 모든 것은 조용히 머물러 있는 오후 2시.

발코니에 놓인 철제 의자 맞은편에는 다다미 여섯 장*짜리 방에서 한 여인이 차를 끓이고 무릎의 딱지를 만지작거리다가 때때로 아무것도 안 보이는 텔레비전 화면을 노려보는 모습이 보이고, 문화 센터에 간 여인의 부엌 창문으로는 커튼이 반만 드리워져 있고 나머지 반은 활짝 열려 있어서 먹다 만 사과가 립스틱이 묻은 채로 냉장고 위에 남아 있는 모습이 보이고, 아이들이 하교하고 집으로 와서 다시 학원으로 갈 때까지 멸망이라도 한 것 같은 우울함이 가득한 새 아파트 단지인데, 그 한구석에는 전봇대가 있고 더러워진 커다란 벽보 한 장이 일 년 전부터, 아니면 더 오래전부터 다들 벗겨지리라고 생각했었지만 벗겨지지 않은 채 끈질기게 달라붙어 있었다. 벽보에는 '기타무라 학원'과 기타무라 미쓰코라는 글자가 분홍색 매직으로 쓰여 있었는데 빗물에 번졌고, 전화번호는 종이가 찢겨서 절반밖에 보이지 않았으며 지도는 비둘기 똥이 붙어서 누렇게 변색된 탓에 잘 보이지 않았지만, 이 단지에서 청소년 학생을 둔 어머니라면 누구나 학원의 위치 정도는 알고 있었으므로 지도가 보이지 않더라도 크게 상관없었고, 이 벽보를 떼어 버려도 좋겠건만 너무 더러워서 만지고 싶지조차 않은지 떼어 버리려는 사람도 없었는데, 어쨌든 이 단지에는 단지 문화가 생기고 나서 삼십 년 동안 자기 집은 매일 깨

---

*　'다다미(畳)'는 일본의 전통 바닥재로 볏짚과 돗자리로 만든다. 일반적으로 다다미 여섯 장은 삼 평 정도 된다.

끗이 청소해도 길에 버려진 불결한 것들만큼은 손대지 않으려는 전통이 고착돼 있었으므로, 길 한가운데에 차에 치인 비둘기가 으스러져 있어도 술 취한 사람의 배설물이 떨어져 있어도 그것을 치우는 일마저 구청에 맡겼고, 이 벽보도 보아하니 누더기가 돼서 공중분해가 될 때까지 결코 만지지 않겠다는 듯 무관심 속에 방치된 모양새였다.

한편 '기타무라 학원'은 아이들에게 기타나라 학원*으로 불리며 사랑받았는데 아이들이 일단 다니고 싶어 하는 곳으로 어느 순간 유명해졌고 성적이 올라간 아이도 있고 그렇지 않은 아이도 있고 개인마다 차이는 있지만, 다니기 싫은 학원에 억지로 가야 하는 아이가 학원에 간다고 말하고는 게임 오락실에서 시간을 보낸다는 이야기를 자주 듣는 시대에 일단 기타무라 학원이라면 안심해도 좋다며 대부분의 어머니들은 이상한 소문에 크게 신경 쓰지 않았고, 어쩌다가 저런 학원에는 절대로 아이를 보내지 않겠다는 어머니가 있으면 원래 세상의 소문이란 아이들의 공상이 꼬리에 꼬리를 물고 퍼지는 것이니 아이들이 하는 말은 쉽게 믿지 않는 편이 좋다고, 아이들이란 '야한 것'과 '더러운 것'을 구별하지 못하니 두 가지

---

*   더럽다는 뜻의 '기타나이(きたない)'의 '기타나' 음절을 '기타무라'에 대입했다.

를 뒤섞을 때가 많다고 달래 수는 어머니조차 있었다. 예를 들면 코 푸는 휴지만 해도 그런데, "기타무라 선생님이 그랬어, 한 번 코 푼 휴지로 코를 닦으면 부드럽고 따뜻하고 촉촉해서 기분이 좋다고, 그리고 세 번째에는 그 두 번 쓴 휴지로 화장실에서 엉덩이를 닦으면 더 기분이 좋다고."

이런 식으로 초등학생 아이들이 보고를 하면 어머니는 얼굴을 붉히면서 뭐라고 혼내야 좋을지 모르는 채로 식식대면서 "'코 푸는 휴지'라는 말 자체가 이상해. '티슈'라고 해야지." 하고 말했는데, 고작 이렇게만 타이를 수 있을 뿐이고 변기에 앉아서 촉촉한 휴지를 쓰는 기타무라 선생님의 모습을, 설사 실제로 그런 모습이 아니더라도 머릿속에 떠올리면 떠올릴수록 기타무라 선생님의 기쁨에 젖은 얼굴이 뚜렷해지는 것이었다. 기쁨에 젖은 얼굴이라 하면 "저렇게 기쁨에 젖은 얼굴을 한 미인은 거의 없지요. 옛날에는 미인이라 하면 어딘가 외로운 느낌이 있는 얼굴이어야 했어요."라고 얘기하던 초등학교 교감 선생님을 떠올리는 어머니도 있었는데, 교감 선생님이 기타무라 미쓰코 선생님의 먼 친척이라는 소문의 진위 여부는 차치하더라도 그렇게 완고한 교감 선생님이 기타무라 미쓰코 선생님을 미인이라고 말할 정도라면 의외로 기타무라 미쓰코 선생님은 '더러운' 사람이 아닐 수도 있겠다고 스스로를 억지로 설득하거나, 어쩌면 기타무라 미쓰코 선생

님이 더러운 이야기를 아이들에게 하는 까닭은 교육 때문일
지도 모른다는 생각마저 드는 것이었다. 더구나 코 푸는 휴지
를 세 번씩 사용한다는 이야기를 듣고 아이들이 곧장 따라 해
서 불결해지는 것도 아니고, 반대로 화장실 휴지를 거세게 잔
뜩 잡아당겨서 정작 앞부분만 달랑 사용하고 버리는 버릇도
안 고쳐지는 마당에, 또 동생하고 번갈아 가며 티슈 뽑는 장
난을 쳐서 뽑아낸 티슈를 전부 5층 창문에서 팔랑팔랑 날렸
다는 아이의 경우에 비하면 기타무라 미쓰코 선생님의 코 푸
는 휴지 이야기는 절약 정신이 깔린 뜻깊은 교훈이라고 생각
해도 무방하지 않은가. 결국 코 푸는 휴지 이야기 때문에 아
이의 학원을 끊은 어머니는 없었고, 오히려 아이들이 코 푸는
휴지 이야기를 잊어버린 뒤에도 화장실에 갈 때마다 그 이야
기를 떠올리는 어머니가 많았다. 확실히 화장실 휴지라는 공
업 제품은 무미건조하고 가루 같은 느낌도 나므로, 심지어 더
촉촉한 화장실 휴지는 없을까 하고 생각하는 어머니마저 있
었다. 그런 피부에 닿는 감촉을 더욱 자극하는 이야기가 있었
으니, 바로 아이들이 학원에서 듣고 온 개 신랑 들이기 이야기.

　　"동물하고 결혼하는 이야기라 하면 너희들은 『은혜 갚은
학』*밖에 모르겠지만 『개 신랑 들이기』도 있어." 하고 서두
를 열며 기타무라 선생님이 들려주는 이야기에 아이들은 끝

까지 열중했지만, 이야기가 너무 길었으므로 초등학생 아이들은 집에 가서 이 이야기를 또다시 정확히 재현할 수 없었고, 중학생이나 고등학생은 창피해서 부모에게 따로 말하지 않았기 때문에 호기심이 생긴 어머니들은 결국 귀에 들어온 이야기의 조각들을 자기 나름대로 이어 붙여야 했다. 그 이야기란 옛날 어느 왕궁에 만사를 귀찮아하던 여인이 하나 있었는데, 이따금 공주님의 시중을 들던 이 여인은 아직 공주가 어렸을 적에 용변을 본 공주의 엉덩이를 닦아 주는 일을 특히 성가셔 해서 공주가 귀여워하는 검은 개에게 "공주님의 엉덩이를 깨끗이 핥아 드리렴. 그러면 언젠가 공주님과 결혼할 수 있단다." 하고 말해 줬더니, 공주 역시 그렇게 되기를 바랐다고 한다. 여기까지의 이야기는 대부분의 아이들이 똑같이 기억했지만 그다음부터는 기억이 다들 제각각이어서 어느 날 검은 개가 공주님을 데리고 숲속으로 도망간 뒤 그대로 공주님을 신부로 삼았다고 말하는 아이가 있는가 하면, 공주님의 부모가 공주님의 엉덩이를 핥는 검은 개의 모습을 우연히 목격하고 격노한 나머지 검은 개와 공주님을 무인도로 유배 보냈다

* 　노부부가 덫에 걸린 학을 구해 줘서 학이 은혜를 갚고자 사람의 모습으로 노부부의 집에 들어간 뒤 그들의 딸이 되어 옷감을 짜 줬는데, 노부부는 옷감을 짜는 동안 방을 들여다보지 말라는 딸의 당부를 저버리고 끝내 엿보고 만다. 그러자 딸은 다시 학으로 변해서 영영 떠나 버린다.

고 말하는 아이도 있었다.

숲속으로 들어갔다는 이야기에선 사냥꾼이 등장하는데, 사냥꾼은 검은 개를 몰래 쏘아 죽인 다음 공주님을 자기 아내로 삼았고 공주님은 처음에 왜 갑자기 검은 개가 사라지고 사냥꾼이 나타났는지 모르는 채 사냥꾼과 행복하게 살았지만 어느 날 밤에 사냥꾼이 스스로 검은 개를 죽였다고 잠꼬대하면서 고백해 버리자 공주님은 망설임 없이 옆에 있던 사냥총으로 잠든 사냥꾼을 쏘아 죽였다고 했던가.

무인도로 유배 보냈다는 이야기에서도 그 뒷얘기가 이어진다. 공주님은 얼마 지나지 않아 아이를 하나 낳았는데 검은 개가 바로 병에 걸려서 죽어 버리는 바람에 가문이 끊길 것을 두려워한 나머지 자기가 낳은 아들과 관계하고 아이를 더 낳음으로써 종족을 늘렸다는 이야기.

현명한 공주님이 왜 자기 아들과 관계했느냐고 묻는다면, 공주님은 어느 날 아침 "섬의 반대편으로 가서, 거기서 처음 만난 여자와 결혼하거라."라고 아들에게 말했다. 그러자 아들은 해안을 따라서 섬을 돌았고 공주님은 그 반대쪽으로 섬을 돌았는데, 이윽고 아들이 섬의 반대편에 도착했을 때 거기서 처음 만난 사람이 어머니였기 때문에 어머니인지 알지 못한 채 어머니와 관계했다는 이야기였다. 아이들은 근친상간이라는 말조차 몰랐으므로 이 이야기를 아주 자연스럽게 받아들였으며 나중에는 잊어버렸지만, 그저 만사를 귀찮아하던 여인의 말에 따라 검은 개가 공주님의 엉덩이를 할짝할짝 핥았다는 부분에서만 강한 인상을 받았는지 소프트아이스크림을 먹을 때도 자기가 검은 개가 된 양 울음소리를 흉내 내곤 하면서 할짝할짝 핥고, 숙제할 때도 손바닥을 할짝할짝 핥곤 해서 어머니들은 이런 행동을 보고 아무래도 기분이 좋지 않아서 역시 학원을 끊을까, 이대로 가면 아이들이 더 나빠지지 않을까, 하고 고민했으나, 문화 센터에서 '민담 연구' 강좌를 듣던 한 어머니가 말을 꺼내길 실제로 그런 옛날이야기가 있다고 들었다며, 민담책에도 실려 있다고 완강하게 주장해서 그 말을 들은 다른 어머니들은 왠지 안심하게 됐고 누군가가 교과서에도 나오지 않은 이야기를 아이들에게 재미있게 들려주는 선생님이야말로 유니크한 사람이라고 말하자, 다른 어머니들은 '유니크'라는 말이 왠지 이 상황과 어울리지 않는 듯 들렸지만 정말 그럴지도 모른다면서 모두 안심했다.

그래도 여전히, 생활 근거지인 도쿄 서쪽의 다마(多摩)나 도쿄의 다른 지역 태생의 어머니들, 심지어 간사이(關西) 지방이나 도호쿠(東北) 지방에서 온 어머니들도 그런 민담을 들어 본 적 없었으므로 기타무라 미쓰코 선생님은 저기 먼 동남아시아나 아프리카 같은 나라를 오랫동안 방랑한 사람이 아

닌가 하고 근거 없는 말을 지어내기도 했는데, 방랑이라 함
은 가령 "저 선생님 히피*였던 것 아니에요? 바이올린도 켤
줄 안대요. 흔들리는 마차에 앉아서 바이올린을 켜고 방랑 생
활을 했던 것 아니에요?" 하고 아직 이십 대 중반인 어머니가
히피와 집시를 혼동한 채 얘기하자 그 소리에 자극받아서 갑
자기 생각난 듯 말을 꺼낸 어머니가 있었으니 "얼마 전에 낡
은 장롱을 옮기다가 그 아래에서 깔려 있던 옛날 잡지를 발견
했는데, 옛날 생각에 잠겨서 읽고 있자니 최음제 광고가 실렸
더라고요. 가지를 말려서 분말 형태로 만든 천연 최음제인데,
'기타무라 히피 가게'로 주문하라고 적혀 있더라고요. 혹시
그 기타무라가 기타무라 미쓰코 선생님 아니에요?" 하고 말
했다. 기타무라 미쓰코 선생님에 대한 소문은 폭과 두께가 전
부 달랐다. 공항에 붙은 테러리스트 수배 전단지에서 기타무
라 미쓰코 선생님과 똑같은 얼굴을 봤는데, 그래서 오랫동안
숨어 살아온 것이 아닌가 하고 말하는 어머니가 있는가 하면
아니다, 기타무라 미쓰코 선생님은 얼마 전까지만 해도 간사
이 지방에서 똑같은 학원을 운영했던 평범한 학원 선생일 뿐

---

*   Hippie. 1960년대 후반에 미국에서 등장한 젊은이들을 가리키며, 이들
    은 베트남 전쟁 반대 운동과 흑인 민권 운동의 흐름 속에서 또 다른 삶
    의 양식으로서 기성세대의 권위주의를 거부하고, 쾌락의 자유와 자연
    회귀적 생활을 강조했다.

개 신랑 들이기

이다, 하고 거기서 만족한 어머니도 있었다.

　　모두가 확실히 아는 한 가지는 기타무라 미쓰코 선생님의 나이가 서른아홉 살이라는 사실이었는데, 아이들은 여자 선생님한테 나이를 물어봐서 그 선생님이 당혹해하는 얼굴을 보는 걸 재미있어했고 또 선생님의 나이를 알아내서 어머니한테 말하면 어머니가 반드시 흥미를 보인다는 점도 알고 있었다. "선생님, 몇 살이세요?" 하고 아이들이 자주 물어보면 기타무라 미쓰코 선생님은 "서른아홉 살이야." 하고 몇 번이고 바로 대답해 주었고 아이들이 다시 집에 가서 그 내용을 전했으므로 모두들 미쓰코 선생님의 나이만큼은 잘 알고 있었으나, 미쓰코가 여기로 오기 전에 무엇을 했는지는 아무도 몰랐고, 미쓰코가 여기에 온 지는 고작 이 년 정도 되는데 그 학원 자리에는 옛날부터 한 농가가 있었고, 농가는 그 땅의 일부를 팔고 그 돈으로 전철역 근처에 공동 주택을 세워서 자기들도 거기 집 하나에 들어가 살고 예전 집을 철거하려던 찰나, 친척 아무개의 '친한 친구'라는 기타무라 미쓰코가 하얀 원피스를 입은 채 산악자전거를 타고 나타나더니 그 집을 한 십 년 정도 빌려줬으면 한다고 부탁해서 학원 운영을 시작한 것인데, 어디서 왔는지조차 알 수 없는 이 여성의 부탁을 그 꼬장꼬장한 농가 주인아저씨가 들어줬다는 점을 근처 사람들은 신기해했고, 일각에서는 사실 이 여성이 주인아저씨의 첩이라는 소문마저 나왔지만 기타무라 미쓰코 선생님을 실제로 보면 도무지 '첩의 인상'은 아니었고 닳아빠진 허드레 바지를 입고 고급스러운 선글라스를 쓰고 천엽벚나무*아래에서 폴란드어 소설을 읽는 사람이었기 때문에 어떻게 자랐고 어떤 가문에서 태어났는지 짐작하기 어려웠다. 더구나 아이 없는 39세의 여성이라니 어떻게 분류해야 좋을지 몰라서 소문을 내기도 피곤하고 보다시피 그냥 내버려 두게 됐으니, 근처 동네 사람들은 단지의 어머니들만큼 소문에 집착하지 않는 셈이었다.

　이 동네는 사실 처음부터 북쪽과 남쪽으로 나뉘어 있었는데, 북쪽은 전철역을 따라서 새 아파트 단지가 발달한 곳이고 남쪽은 다마강을 따라서 옛날에 번성했던 지역으로, 지금은 같은 다마 지역에 살더라도 남쪽 지역이 있는지조차 모르는 사람들이 많고 북쪽 지역에 사람이 살기 시작한 것은 겨우 아파트 단지가 생기고 나서부터였다. 즉, 겨우 삼십 년 전부터이고, 반면 남쪽은 다마강을 따라서 과거 움집**의 흔적도 보이고 그만큼 상상도 못 할 만큼 아주 오랜 옛날부터 사람이

＊　　꽃잎이 많고 둥근 형태의 벚꽃을 말한다.

＊＊　신석기시대, 청동기시대의 주거 형태로, 넓은 땅에 구덩이를 파고 기둥을 세운 뒤 갈대나 억새로 엮은 지붕을 덮어서 집을 만들었다.

개 신랑 들이기

살았던 지역인데, 벼농사를 오랫동안 지어 1960년대 카드뮴
에 오염된 쌀이 나오기 전까지만 해도* 당당히 쌀농사를 했
던 곳이며 '니혼바시에서 8리'라고 새겨진 도로 표지판 주변
엔 작은 숙박촌**이 번성하기도 했었다. 공습을 피한 오래된
집도 많았는데, 단지에 사는 아이들이 그런 남쪽으로 놀러 가
는 기회는 예전에 사생 대회 아니면 개구리를 관찰하러 찾아
가는 때 정도였다. 그러나 기타무라 학원이 생기고 나서는 마
치 학원에 가는 날이 단지에서 도망치는 날인 듯했고, 아이들
은 부산하게 다마강 쪽으로 가며 큰 차도를 건너고, 신사 옆
을 지나고, 매화나무 밭을 살짝 빠져나가서 지름길로 나아갔
고, 기타무라 미쓰코 선생님 댁의 망가진 울타리 쪽으로 들어

---

*   1960년대는 일본 전역에서 유해 중금속 카드뮴에 오염된 폐수가 무분
별하게 배출되며 사회 문제가 됐던 시기다. 이러한 폐수가 토양과 농작
물에 농축되면서 결국 수많은 사람들의 건강을 훼손했다. 대표적인 사
례로 이타이이타이병이 있으며, 1968년 그 피해자와 유족 들이 미쓰이
금속 광업을 상대로 손해 배상 청구 소송을 제기한 끝에 승소했다. 그리
고 같은 해에 일본 정부는 이것을 공해병으로 공식 인정했다. 소설의 배
경이 되는 다마강 주변에서는 1970년에 농업용수가 카드뮴에 오염되었
고 당시 경작된 쌀은 모두 폐기 처분되었다.

** 에도시대(1603년~1867년)에는 에도(현재의 도쿄)에서 교역이 활발했
고, 그중 니혼바시는 도쿄 내에서 번화한 상업 중심지였다. 전국 각지에
서 도쿄로 향하는 길목엔 슈쿠바마치(宿場町)라는 숙박촌이 산재해 있
었고, 이곳은 관리들과 일반 여행객들을 위한 숙박 시설이 모여 있던 마
을이었다.

가서 정원으로 훌쩍 뛰어들었는데, 맨 처음 학원에 도착한 아이가 달려들어 와도 기타무라 미쓰코 선생님은 책상에 앉아서 아이들을 기다리지 않고 대개는 단추를 달거나 책을 읽거나 발톱을 자르고 있었다. 어느 날 초등학교 2학년 여자아이 셋이 사마귀를 잡아서 득의양양하게 학원에 가져가자, 기타무라 미쓰코 선생님은 추레한 분홍색 민소매 차림에 어깨를 훤히 내놓고, 또 어깨 위에는 너덜너덜한 천 조각 따위를 올려놓은 뒤 무릎을 꿇고 앉아 있었다. 그러자 아이들이 "선생님, 그건 뭐예요?" 하고 물으니 "닭똥을 끓여서 만든 고약." 하고 태연하게 대답했다. "으악, 더러워!" 하고 아이들이 소리를 지르자 당황한 기색도 없이 "어젯밤에 우연히 옛날 친구를 우에노 역에서 만났는데 오랜만에 얘기를 나눴더니 이 친구가 아주 안 좋은 사람으로 변했지 뭐니. 너무 실망한 나머지 어깨가 뭉치고 침울해져서, 오늘 닭한테 신세를 지고 닭똥 덕을 보는 중이야." 하고 말했다. 아이들이 가까이 다가가서 보자 정말로 역한 냄새가 확 풍겨서 처음에는 "으악!" 하고 소리를 질렀지만 금방 냄새에 익숙해지더니 복숭앗빛 민소매 옷으로 관심을 돌리고 노골적으로 "선생님, 옷 새로 사세요! 그 옷은 너무 해어졌잖아요." 하고 말하자 미쓰코가 태연히 대답하기를, "아, 이거. 구입한 지 칠 년밖에 안 지났는데."라고 하기에, 아이들은 처음엔 낡았네! 낡았어! 하고 노래하듯이 놀려 댔지만 놀리기에도 금세 싫증이 나서 이제는 민소매 옷으로 비칠 듯 말 듯 드러난 선생님의 가슴으로 관심을 돌렸다. "선생님, 남자애들이 오면 어쩌려고 그러세요." 하고 묻자 미쓰코는 웃으면서 민소매 옷의 오른쪽 끈을 당겨 일부러 풍만한 가슴을 더 도드라지게 하고는 "이렇게 하면 되지." 하고 말하니, 아이들이 야하다! 하고 목소리를 높였다. 어딘가 생소한 설렘과 즐거움마저 느꼈으므로 한 번 더, 한 번 더! 하고 재촉해 댔고 미쓰코 역시 두 번째 앙코르까지는 응했지만 세 번째에는 "너희들, 그렇게 보고 싶으면 너희들 어머니한테 가서 보여 달라고 해." 하고 응하지 않았기에, 아이들 중에서 가장 부끄러움을 많이 탄다고 알려진 아이가 돌연 미쓰코에게 다가와서 민소매 옷의 끈을 잡아당기니 가슴이 복어처럼 드러났고, 그것을 본 나머지 두 아이는 환호성을 질렀고, 이어서 남자아이들이 가까이 왔다.

남자아이들은 선생님과 여자아이들의 모습을 보고 기뻐하기는커녕 울타리 바깥으로 도망가 버렸는데, 이상하다면 이상한 일이었다. 여자아이들이 으악! 하면서 뭔가를 꺼리거나 무서워하면 남자아이들은 으레 의욕을 느끼기 마련인데, 도리어 여자아이들이 저런 행동을 하니 왠지 불안했고, 게다가 선생님께 저렇게 큰 가슴이 달려 있었다니 어딘가 배신당한 기분마저 들어서 슬픈 나머지 도망간 것이었다. 울타리 바깥에서 남자애들이 풀 죽어 있으니 블라우스를 다시 차려입은 기타무라 미쓰코 선생님이 몸소 데리러 왔고, 아이들은 선생님의 손을 잡고 학원 툇마루로 돌아오니 냄새나는 고약도, 복숭앗빛 민소매 옷도 모두 사라진 채 늘 그 자리에 있었다는 듯이 좌식 책상들만 가지런히 정렬돼 있었다.

그러던 어느 날 기타무라 학원에 초등학교 3학년 후키코라는 여자아이가 새로이 들어왔는데 어째서인지 남자아이들은 이 아이의 책상 옆을 지나갈 때마다 공책에 코딱지를 붙였고 이것은 초등학교에서 늘 하던 행동을 학원에서도 똑같이 하는 것 같았다. 후키코는 그런 짓을 당해도 화내지 않고 울려고 하지조차 않는다. 다른 여자아이들은 후키코 쪽을 보지도 않고 후키코와 이야기하지도 않아서인지 그 일을 모르는 것 같기도 하고 모르는 척하는 것 같기도 하고 그저 아무 말도 하지 않는다. 기타무라 미쓰코 선생님 역시 근시인지 수면 부족인지 물기에 젖은 커다란 눈을 허공에 띄우고 있을 뿐이었는데, 처음 한 시간 동안은 그 일에 대해서 아무 말도 하지 않았지만 한 남자아이가 세 번째로 코딱지를 붙였을 때 갑자기 그 아이에게 다가가서 가슴을 움켜잡고는 장롱으로 힘껏 끌고 갔으므로 움켜잡힌 아이는 놀라서 혹시 맞지나 않을까 목을 움츠린 채 눈을 감았지만 덜덜 떨며 눈을 떠 보니 기타무라 미쓰코 선생님은 상롱 안에서 여우 그림이 그려신 하늘색 공책을 꺼내 긴장한 나머지 구부러진 남자아이의 손에 쥐여 주며 "자기 코딱지는 자기 공책에 붙이세요. 하지만 그러면 열심히 필기한 한자가 안 보일 테니까 이 공책에 붙이세요."라고 말하자 잠시 동안 멍하니 있던 다른 아이들도 '코딱지용 공책'이라는 원칙이 머리에 들어왔는지 자기도 그 공책이 필요하다며 다들 떠들어 댔으나 기타무라 미쓰코 선생님의 장롱 안에는 공책이 딱 한 권밖에 없었으므로 결국 다른 아이들은 그다음 주에 '코딱지용 공책'을 나눠 받기로 했고 소란스러운 교실도 겨우 가라앉았다.

그다음 주 어느 날 학원이 다 끝나고 여자아이들 다섯 명 정도가 정원에 둥그렇게 모인 채 쭈그리고 앉아서 집에 가려고도 하지 않고 땅을 째려보고만 있기에, 기타무라 미쓰코가 이상하게 여기며 다가가 봤더니 아이들은 개미 열네 마리가 죽은 명주잠자리를 좁은 개미집 입구 속으로 운반하고자 악전고투하는 모습을 지켜보고 있었다. 그런데 그때 문득 그 무리에 끼지 않고 혼자 집으로 가는 후키코의 뒷모습이 눈에 들어와서 "너희들, 왜 후키코하고 말하지 않아?" 하고 물어보니 다들 무슨 말인지 모르겠다는 듯한 표정을 지었다. 마침 그중 한 아이가 잊어버렸던 단어를 갑자기 생각해 낸 양 "후키코는 좀 이상하잖아요." 하고 말하기에, 미쓰코가 다시 "어디가 어떻게 이상한데?" 하고 묻자 "머리도 안 감고 양말도 안 신을 때도 있어요."라며 다른 아이가 대답했고 거기에 자극받은 또 다른 아이들도 저마다 입을 열며 "뚱뚱하고 말이야", "짝퉁 스누피 필통을 가지고 다니잖아.", "피구도 못해.", "아빠도 이상한 사람이라던데.", "맞아, 맞아. 게임 오락실 같은 데도 다닌대."라고 떠들어 댔다. 기타무라 미쓰코는 잠시 생각에 잠겼으나 곧 아무 말도 없이 집으로 뛰어 들어가더니 안쪽방에 들어가서 미닫이문을 쾅 닫았다.

8월 초입의 어느 날, 학원도 여름 방학을 맞이한 지 얼마 안 된 때에 스물일고여덟 살 정도로 보이는 한 남자가 고풍스러운 가죽 트렁크 가방을 들고 기타무라 학원을 찾아왔다. 직사광선을 받으면서도 땀을 흘리지 않는 모습과 짧게 깎은 머리칼, 새하얀 와이셔츠, 주름이 잘 잡힌 바지, 말끔히 닦은 구두 등 어느 것 하나 기타무라 미쓰코의 친구일 듯하지 않았는데, 미쓰코의 집이라면 구석구석까지 다 알고 있는 양 망가진 울타리를 통해서 정원 안으로 들어오더니 미쓰코가 헝클어진 머리에 반나체 상태로 산악자전거를 수리하는 모습을 보고 망설임 없이 미쓰코에게 다가가서는 "앞으로 신세 좀 지겠습니다." 하고 말하니, 미쓰코는 눈이 휘둥그레져서 저절로 벌

개 신랑 들이기

어진 입을 다물지 못한 채 할 말도 찾지 못하고 손가락 끝으로 목덜미만 자꾸 만지작거렸다. 그러자 남자는 조용히 가죽 트렁크를 툇마루에 놓고 손목시계를 풀어서 물기를 털듯이 두세 번 세차게 흔들어 보이더니 빙긋 웃으며 "전보 받으셨어요?" 하고 말했다. 미쓰코가 아직 무슨 일이 일어났는지 모르는 듯 어리둥절한 눈빛으로 고개를 좌우로 저으며 뭔가를 생각하듯이 인상을 쓰니, 남자는 좀 더 명랑한 말투로 "다로라고 불러 주세요. 본명으로 적당하지 않을지도 모르지만 다른 좋은 이름이 생각나지 않아서요." 하고 이름을 밝혔다. 미쓰코가 여전히 어리둥절한 채로 살며시 고개를 끄덕이니, 남자는 돌연 결심한 듯이 미쓰코에게 다가가서 미쓰코의 손을 잡은 뒤 자자, 어서, 하며 자기 집에 손님을 들이듯이 툇마루로 올라갔고 이상하게도 그 멋진 구두는 손으로 끈을 풀어 벗는 것이 아니라 발목을 한 번 달랑 흔들자 벗겨졌는데, 미쓰코가 뒤돌아보니 신발은 제대로 가지런히 놓여 있었다. 그 뒤에 남자는 땀에 젖지도 않고 뜨겁지도 않고 차갑지도 않은 커다란 손바닥으로 미쓰코의 허리를 좌우로 잡아서 미쓰코의 몸을 가뿐히 들어 올리고는 "전보 받으셨어요?" 하고 재차 물었고, 미쓰코가 당황해서 고개를 좌우로 젓자 이번에 남자는 주머니에서 마리*를 꺼내듯이 미쓰코의 반바지를 홀라당 벗긴 다음, 누워 있는 미쓰코에게 와이셔츠와 바지를 입은 채 정중하게 엎드려서 개 이빨로 미쓰코의 목살 중 연한 부분을 신중하게 접촉하고 누르고 죽죽 소리를 내면서 들이마시니 미쓰코의 얼굴이 점점 납처럼 굳어졌다. 잠시 시간이 지나자 얼굴은 갑자기 붉어지고 이마는 솟아 나온 땀으로 끈적끈적해졌으며, 부드러운 무엇이 질 속으로 미끄러져 들어왔는데 부드러우면서도 무심한 식물 같은 것이었다. 미쓰코가 퍼뜩 정신을 차리고 도망가고자 몸을 비트니, 남자는 미쓰코의 몸을 뒤집어서 넓적다리 양쪽을 커다란 손으로 거뜬히 잡은 다음 들어올리고는 공중에 뜬 항문을 할짝할짝 핥았다. 그 혀의 넓이며 풍성하게 뚝뚝 떨어지는 침의 양, 그리고 격한 숨결 모두가 말 그대로 '여느 사람'의 것이 아니었고, 게다가 미쓰코의 넓적다리를 잡은 그 큰 손이라니, 이 더위에도 땀 한 방울 흘리지 않았고 미쓰코를 들고 있으면서도 전혀 떨지 않았는데 꽤 오랫동안 그러고는 이윽고 미쓰코를 안아서 일으켰다. 미쓰코의 얼굴을 들여다보는 그 검은 눈동자 너머는 고요했고, 이마에도 코에도 땀 한 방울 없었으며 머리칼은 막 빗은 듯 단정해서 미쓰코가 무심코 손을 내밀어 머리칼을 만져 보니 수세미처럼 거칠었고 그 밑의 피부는 소가죽처럼 단단하고 매끄러웠다. 미쓰코가 홀린 듯 머리통을 쓰다듬으니 남자는 아

* 鞠. 실로 만드는 공 모양의 일본 전통 수공예품.

개 신랑 들이기

누 말 없이 진지한 얼굴을 하고서, 하반신에 아무것도 걸치지 않은 미쓰코를 그 자리에 내버려 두고 갑자기 부엌으로 달려 가서 숙주나물을 볶았다.

　미쓰코가 겨우 정신을 차린 뒤 반바지를 입고 부엌에 들 어가니 식사 준비가 돼 있었다. 상에는 도자기 그릇, 나무 그 릇, 작은 접시가 반듯하게 놓였고 또 남자의 손은 너무 커서 마치 소꿉놀이 장난감처럼 보이기도 했는데, 상 앞에 앉아 있 던 남자가 미쓰코를 보자 와! 하고 탄성을 지르더니 밥을 먹 기 시작했다. 그 먹는 모습은 어딘가 품위 있지만 동시에 무 서운 기세였으므로, 미쓰코가 아직 젓가락으로 뭘 집기도 전 에 남자의 그릇은 말끔히 비워졌고, 남자가 다시 재빨리 음식 을 담았지만 또 곧장 그릇을 비워 버렸다. 미쓰코가 원망하 듯이 쳐다보자 남자는 그릇의 바닥까지 커다란 혀로 싹싹 핥 아 먹더니 벌떡 일어나서 툇마루에 둔 가죽 트렁크 속의 걸레 를 꺼내 왔다. 그러고는 싱크대에서 걸레를 빨더니 물기를 짜 낸 뒤 툇마루를 닦기 시작했다. 미쓰코는 아직 절반도 못 먹 은 그릇 속과 걸레질하는 남자를 아무 생각 없이 번갈아 바라 봤는데, 네발로 기며 걸레질하는 남자의 엉덩이 근육이 리드 미컬하게 올라갔다가 내려갔다가 하는 모습이 이상해서 웃음 을 터뜨렸다. 그렇게 웃으면서 밥을 먹는 동안 툇마루는 선명

한 빛을 발산했으며, 미쓰코가 밥을 다 먹었을 즈음 이제 남자는 가죽 트렁크에서 먼지떨이를 꺼내 오더니 집 안의 먼지를 탈탈 털어 냈다. 미쓰코라면 의자 위에 올라가야 간신히 닿는 높은 곳까지 가뿐히 치웠고 거미줄이 아래로 떨어지면 바로 손으로 잡아서 솜사탕을 먹듯이 먹어 치웠는데, 먼지가 석양에 비치며 반짝반짝 날리는 공기 속에서 미쓰코가 잠시 잠자코 앉아 있자 남자는 하늘색 접이식 빗자루를 가죽 트렁크에서 또 끄집어내더니 집 안을 청소하기 시작했다. 미쓰코는 방해되지 않도록 정원으로 나왔고, 수리하다 만 자전거가 타이어 옆으로 튜브를 죽 내장처럼, 칠칠맞지 못하게 늘어뜨린 모양을 가만히 보고 있노라니 "선생님, 안녕하세요." 하고 인사가 들려와서 퍼뜩 정신을 차렸다. 얼굴을 들어 보니 울타리 바깥에서 가르치는 아이 두 명이 빨간 수영복 반바지를 입고 서 있었고, 그중 한 아이가 "선생님, 저 사람 누구예요?" 하고 끝내 놓치지 않고 묻기에 미쓰코는 뭐라고 대답해야 할지 몰라서 "아는 사람이다."라고 둘러대며 속이려고 했더니 아이가 대답에 만족하지 않고 "왜 청소를 하고 있어요?" 하고 물었다. 미쓰코가 우물쭈물하는 사이, 마침 운 좋게도 멀리서 친구들을 부르는 다른 아이의 목소리가 들려왔고 아이 둘은 그쪽으로 가 버렸다.

그러나 그 아이 둘은 아까 물어본 남자를 잊지도 않고,

개 신랑 들이기

더구나 그중 하나는 단지의 집으로 돌아가면서 계단을 누 칸씩 뛰어오르며 인사도 하지 않고 숨도 고르지 않은 채 "수영장에 갔다가 오는 길에 기타무라 선생님네 집 앞을 지나갔는데 어떤 남자가 집 청소를 하고 있었어요!" 하고 어머니한테 보고를 하니 "남자? 어떤 사람이던?" 하고 어머니가 되묻자 난처해져서 "슈퍼맨 같은 사람. 크고 무서운 사람 같았어요." 하고 대답했다. 그런데 또 "몇 살 정도이던?" 하고 어머니가 물어보자 "스무 살이나 서른 살 정도?" 하고 말하니 어머니는 웃으면서 '그러니까 기타무라 선생님의 조카인가 누군가가 도쿄에 왔는데 집이 너무 더러우니까 청소해 주고 있는 건가. 요즘 젊은이들은 연약하다고 들었는데 청결한 데가 있다니 대단하군.' 하고 감탄했다. 그러고는 옆 동에 사는 다른 어머니와 우연히 만났을 때 "요즘 독신 남성은 독신 여성의 집에 가서 청소도 해 주고 그러나 봐요?"라고 이야기를 하니 그 어머니는 고개를 갸우뚱하며 "조카가 있을까요. 구청에서 가정 방문을 나온 건 아닐까요? 그렇게나 많은 아이들이 드나드는 집이라면 아무래도 깨끗해야 하잖아요."라고 말했는데, 사실 그런 이야기를 하는 동안 두 사람 모두 가슴속에서 솟아오르는 의문을 느꼈지만 차마 그것을 입 밖에 내지 않았다. 며칠 뒤 똑같은 아이가 저녁에 수영장에서 집으로 돌아오면서 기타무라 미쓰코의 집 앞을 지나는데, 그때와 똑같은 남자가 정원에서 '제초 작업'을 하는 모습을 봤다고 말하니 '이건 정말 이상한 일이다.' 하는 얘기가 퍼졌다. 학원은 여름 방학이거늘, 단지 안에서 기타무라 미쓰코의 이름은 빈번히 수군거리는 소리로 들려왔고 '제초 작업'이라는 말도 독특한 어감을 가지고 수군거리는 소리로 들려왔으나 누구 하나 이 말이 무엇을 가리키는지 분명히 아는 사람은 없었다. 한편 미쓰코는 어떤가 하니, 다들 무슨 소문을 내고 있는지 그 내용까지는 몰랐지만 어느새 '다로'라고 부르는 데에 익숙해진 그 남자를 같은 아이가 두 번이나 봐 버려서 소문이 나리라는 각오쯤은 하고 있었다. 아이가 봐 봤자 처음에는 그저 청소하는 모습이라서 상관없었다. 그런데 두 번째는 남자가 잡초 사이에 앉아서 클로버꽃으로 미쓰코의 항문을 간질이는 모습을 아이가 울타리 사이로 얼굴을 내민 채 보았으므로 미쓰코는 놀랐고 엎드린 자세에서 바로 일어난 뒤에 잡초 사이로 하반신을 땅에 묻을 듯이 앉아 원피스를 아래로 꽉 잡아당겼다. 하지만 다로는 아이가 거기 있는 모습이 안 보이는지 미쓰코가 겨우 잡아당긴 원피스를 다시 걷어 올리려 했고, 아이가 수상한 눈빛으로 계속 지켜보고 있음을 모르는지 이번에는 아예 미쓰코를 가뿐히 안아 올려서 천엽벚나무 가지 사이에 앉혀 놓았다.

그 힘은 어딘가 예사롭지 않았는데, 사실 예사롭지 않다면 남자의 생활 리듬 역시 예사롭지 않았으니, 낮에는 기운

없는 듯 잠만 자다가 저녁 6시 정도가 뇌면 일어나서 집을 청소하고 훌륭한 저녁 식사를 만들고 미쓰코와 함께 저녁 식사를 하고 다 먹었을 때는 갑자기 원기 왕성해져서 미쓰코와 관계하고 싶어 하고 깜깜한 밤이면 혼자 집을 나가서 어디를 돌아다니는지 한밤중에야 미쓰코가 잠들 무렵 소리 없이 돌아와서는 밤새도록 자려고도 하지 않고 미쓰코와 관계하고 싶어 했다. 결국 미쓰코도 아침에 일어나기가 힘들어졌고 낮에는 선잠을 자다가 외판원이 멋대로 정원에 들어오거나 하면 허둥지둥 일어나기는 하지만, 언제 일어나든 눈을 동그랗게 부릅뜨고 빗으로 잘 빗은 듯한 머리칼을 하고 있는 다로와 달리 미쓰코는 부스스하게 헝클어진 머리에 눈곱이 낀 눈으로 겨우 나왔으므로 방문한 사람은 "이거 실례했습니다. 큰 폐를 끼쳤습니다."라는 말을 안 할 수가 없었다. 그러면 미쓰코는 얼굴이 빨개져서 핑곗거리를 찾다가 적당히 대꾸했는데, 그 시간 동안 근처의 잡화점 주인은 기타무라 미쓰코 선생님한테 '남자가 생겼다.'라는 묘한 표현을 써 가며 소문을 내는 중이었다. 단지의 어머니들은 그런 표현이 점잖지 않다고 생각해서 쓰지 않았지만 '선생님한테 보이프렌드가 생겼대요.'라며 산뜻한 투로 소문을 내는 것도 우스워서 하는 수 없이 "선생님 집에 젊은 남자가 살고 있대요."라는, 이렇게도 저렇게도 들릴 수 있는 표현을 썼다. 모두들 그 남자를 한번은 보고 싶다고 생각했지만 학원은 아직 여름 방학이었고 어머니들도 남쪽에 갈 용건이 없었으므로 수영장에 다녀올 때 기타무라 미쓰코 선생님께 인사를 하고 오라는 둥, 이 과자를 선생님께 선물로 가져다 드리라는 둥 아이에게 말을 했고, 순진해 보이는 아이들도 실제로 다로를 보러 가는 일이 재미있었기에 다로를 보면 뭔가 봐서는 안 될 것을 봐 버린 듯 마음이 설레었다. 딱히 다로가 기타무라 미쓰코 선생님과 뭔가를 하는 광경을 본 것도 아닌데, 다로가 정원 구석에 있는 바위에 멍하니 앉아 있는 모습만 봐도 마음이 들떠서 수영장에 간 김에 미쓰코의 집을 들여다보는 것이 아니라, 다로를 보기 위해서 수영장에 가는 아이마저 있을 정도였다.

다로는 아이들이 쳐다보든 말든 전혀 신경 쓰지 않았다. 고양이나 개가 정원에서 어슬렁대면 침착하다가도 긴장하는 위인이면서 인간은 뭘 하건 관심 없다는 듯이 무시했으므로, 미쓰코는 8월이 끝나고 학원이 개학하면 어떻게 해야 하나, 어느 날 갑자기 걱정되기 시작했다. 학원 운영을 그만두면 생활이 안 된다고 반쯤 자면서 생각했고, 시계를 보니 저녁 5시가 넘었기에 일어나서 주위를 둘러보니 돌연 다로가 눈앞에 나타나 앉더니 미쓰코의 무릎에 얼굴을 묻고 냄새를 맡는지 콧숨 쉬는 소리만 들려왔다. 미쓰코는 다리가 저려 왔으므로 이윽고 허리를 조금 움직여서 일어서려고 했지만 다로가 달라붙어 있는 바람에 일어설 수 없었다. 다로가 언제까지나 그러고 있어서 미쓰코는 기진맥진했으나, 다로는 마음에 드는 냄새만 맡으면 지루해하지 않는 것 같았다. 다로는 일하러 가지도 않고 요리, 청소, 빨래 말고는 아무것도 하지 않았지만 결코 지루하지 않다는 듯 글자도 읽지 않고 텔레비전도 보지 않았다. 그런 다로의 유일한 취미란 미쓰코의 몸 냄새를 맡는 것으로서 한번 맡으면 한 시간 이상 이어질 때도 있었는데, 처음엔 그것을 지루해하던 미쓰코도 얼마 지나지 않아서 자기가 늘 엷게 흘리는 땀이 결코 무취가 아니라 희미하게 해초, 조개, 감귤류, 우유, 철과 비슷한 향기를 품고 있음을 깨달았다. 더구나 그 냄새는 미묘하게 스스로의 기분과도 이어져 있어서, 예컨대 놀랐을 때는 놀람의 냄새가 자기 몸에서 풍겼고 그래서 그 냄새가 나면 '아, 내가 지금 놀란 상태구나.' 하고 몸내를 맡음으로써 알게 됐다.

다로는 이상하게도 유방에는 전혀 집착하지 않았다. 미쓰코의 유방을 만지지도 않았고, 입맞춤에도 영 흥미가 없었지만 미쓰코의 목덜미만은 흡혈귀처럼 빨았는데 그런 탓에 미쓰코의 목에는 도넛 모양의 자주색 점이 생겨 버렸다. 그래서 미쓰코는 그 흔적을 가리고자 더운 날씨인데도 인도 면직물 스카프를 목에 둘렀고 땀이 나기에 거울을 들여다보자 얼굴은 붉게 부어올라 있었고 코는 둥그레졌으며 입술은 바싹 마른, 이렇게 추한 자기 얼굴은 태어나서 처음 보는 것이었다. 그 얼굴도 다로 때문이라고 생각하자 이상한 느낌이 들어서, 자기 얼굴에 타인이 심하게 집착하면 추해지는 것일까, 하고 생각했다. 어쨌든 다로는 다른 사람들과 달리 미쓰코의 얼굴을 채점하듯이 차가운 눈으로 바라보지 않았고 또 누가 채점한다고 해도 자신 있는 미쓰코였지만 갑자기 허리에 엉겨 붙는 다로가 앞에 있으면 얼굴을 다듬을 새조차 없었다.

어느 날 소풍에서 돌아오는 길이라며 3학년 아이들을 데리고 어머니들 일고여덟 명이 수박을 가지고 미쓰코의 집을 방문했는데, 미쓰코는 당황해서 보리차를 내놓고 방석을 깔고 허둥지둥 주위를 두리번거렸으나 다행히도 집 안은 다로 덕분에 깨끗이 정리돼 있었고 보리차를 담아낸 컵 역시 다로 덕분에 수정처럼 빛났다. 그래서 속사정을 모르는 사람들이 보기에는 허둥댈 이유가 전혀 없음에도 미쓰코는 안에서 자고 있는 다로가 불쑥 깨어나서 나타나면 어쩌나 하고 걱정을 했고, 교양 있다는 어머니들마저 마치 무슨 냄새를 맡고 흘러들어온 괴물처럼 느껴졌으며 땀, 향수, 겨된장,* 주방 세제,

* 쌀겨에 소금물을 섞어서 발효시킨 된장.

혈액, 치약, 살충제, 커피, 생선, 감기약, 반창고, 나일론 따위의 냄새들로 머릿속이 혼란스러웠다. 특히 자기 피부를 엷게 덮은 땀 냄새를 분간할 수 없었기에 미쓰코는 자신감을 잃었고, 자신은 지금 분명 사람들이 들이닥쳐서 불쾌한 것이라고 생각하면서도 불쾌함을 뒷받침해 주는 냄새가 나지 않는 탓에 실감할 수 없었으므로 더욱 당황했다. 미쓰코는 되도록 코로 숨 쉬지 않으려고 하면서 사람들이 하는 말에 적당히 맞장구를 쳤고, 다들 빨리 돌아갔으면 하고 바라고 있는데 괘종시계가 6시를 알리며 종을 치자, 그 종소리와 함께 다로가 미닫이문을 열고 나타났다.

다로는 유카타* 한 벌만 입고 나타났으므로 오른발을 앞으로 내딛자 옷이 벌어지면서 몸이 드러났는데, 어머니들은 물론 못 본 척했지만 아이들 중 하나가 뭘 생각했는지 "멋있다!" 하고 소리를 질렀다. 다로는 못 들은 듯 반응이 없었고, 곧 어머니 한 사람이 "어머, 이누마 씨 아니야?" 하고 작게 말한 뒤 더 이상 말을 잇지 못했다. 그러자 미쓰코는 무슨 일 때문에 그러는지 가슴이 쿵쾅거렸는데, 다른 어머니들은 그 말소리를 못 들었는지 다들 입을 모아서 "실례했습니다. 이제 갈게요." 하고, 마치 다로의 활동 시간이 다가왔음을 알

* 여름철에 입는 일본의 전통 의상.

104

기라도 하는 듯 말했다. 미쓰코는 '별말씀을.' 하고 말하려고 했지만 그 순간에 혀를 깨물어서 말하지 못했고 다로도 아무 말 없이 그 자리에 우두커니 서 있기만 했으므로 잠시 미묘한 침묵이 흘렀다. 이제 어머니들은 아무 대꾸도 않는 예의 없는 다로를 향해 눈을 흘기고는 자리에서 일어선 뒤 주섬주섬 돌아갈 준비를 하는데 "이누마 씨 아니야?" 하고 말했던 오리타라는 성씨의 어머니는 몸에 달라붙은 벌이라도 쳐다보는 것 같은 겁먹은 눈으로 파리 떼를 쫓아내며 도망치듯이 제일 먼저 미쓰코의 집을 나갔다.

미쓰코는 사람들을 보낸 뒤 잠시 현관문에 멍하니 서 있는데 다로가 부엌에서 컵을 씻는 소리가 들려오자 다시 정신을 차렸고, 집 안에 침입했던 냄새들을 내쫓고자 부채를 마구 부치다가 또 때때로 손을 멈추고 생각에 잠기기도 했다. 언제나처럼 다로가 미쓰코와 관계를 가진 뒤 바깥으로 튀어 나갔을 때, 이윽고 전화가 울렸다. 오리타 씨에게서 온 전화였는데 "아까 사람들이 많아서 이야기를 못 했는데…… 실은 오늘 처음 댁에 계신 분을 뵀지만, 삼 년 전에 없어진 제 남편이 아끼던 부하 이누마 씨하고 닮아서 혹시나 해서요…… 이누마 씨의 아내는 지금도 포기하지 않고 남편을 찾아다니고 있거든요. 보기에 딱해서 혹시 아까 그분이 진짜로 이누마 씨라면 아내분께 알려 주고 싶어요."라고 말했다. 미쓰코는 처음엔 차갑게 네, 네, 하고 대답했지만 점점 왠지 모르게 숨이 막혀서 대답할 말을 찾지 못했고, 오리타 씨가 "어쨌든 이누마 씨의 아내분께 말해 볼게요, 직접 눈으로 확인해 보라고요." 하고 자기 마음대로 정해 버렸으므로 미쓰코는 원하지 않았지만 달리 거절하지도 못했다. 오리타 씨가 "그건 그렇고, 저 분하고 어디서 만난 거예요?" 하고 물었을 때 미쓰코는 차마 사실대로 말할 수가 없어서 속이듯 "그냥 우연히 그렇게 됐어요. 어떤 사람이 소개해 줬는데 제가 저 사람한테 방을 빌려 줬으면 하고 부탁하더라고요. 그건 그렇고, 이누마는 어떤 한자로 써요?" 하고 말하며 물어봤는데, 오리타 씨는 이누마라는 이름을 어떤 한자로 쓰는지 말하는 것이 아니라, 이누마라는 사람이 어떤 사람인지를 말하기 시작했으므로 미쓰코는 몇 번이나 "그런데 이상하게 들리겠지만 저는 그 사람이 어떤 사람인지엔 관심이 없어서요, 별로 듣고 싶지 않아요."라고 말하며 수화기를 내려놓으려 하길 반복했다. 하지만 다시 힘없이 수화기를 들고서 귓속으로 쏟아지는 오리타 씨의 말을 참아 내듯이 왼손으로 머리를 받치고 눈을 감은 채 이야기가 끝나기를 참을성 있게 기다렸다.

오리타 씨가 설명하기를, 이누마 다로는 도쿄에 있는 대학을 나와서 오리타 씨 남편이 근무하는 제약 회사에 취직했었는데 오리타 씨 남편은 이누마를 금방 마음에 들어 했고 특별히 구체적이지 않은 이유로 호감을 가졌지만 굳이 말하자면 '그러고 보니 그렇네요.'라는 말을 못되지 않게 하는 성격 때문이었다고 한다. 예를 들면 회사에 들어온 지 얼마 안 됐을 때, 회사 뒤쪽에 있는 주차장에서 이누마가 차에 기댄 채 구두를 벗고 보라색 자수가 들어간 손수건으로 구두 밑바닥을 닦고 있는 모습을 보고 오리타 씨 남편은 무슨 일이냐고 물었는데 "지렁이를 밟아서 구두가 더러워져서요." 하고 이누마가 대답하기에 오리타 씨 남편은 잿빛 아스팔트가 단단히 깔린 넓은 주차장을 둘러보고 "이런 데에 지렁이가 있다고?" 하고 나무라듯이 말하자 "그러고 보니 그렇네요."라고 솔직하게 인정하고 구두 닦기를 멈춘 일이 있었다고 한다. 지금 생각하면 사실 그때 개똥을 밟았었는데 무슨 이유에서인지 솔직하게 말하지 않고 그런 거짓말을 했는지 불쌍하다고, 오리타 씨 남편이 오리타 씨한테 털어놓은 적이 있었다고 한다. 왜 불쌍하냐 하면 이누마는 동료들에게서 바보 취급을 받곤 했는데, 가령 회사에 들어온 해에 회사 연필을 쓰지 않고 초등학생처럼 자기 필통을 가지고 다녔으므로 주변에서 이상하게 여겼다고 한다. 그 이유를 물어봤더니 절대로 대답하지 않기에 "저 사람은 연필도 헬로키티가 그려진 것만 쓸 거야." 하고 주변에서 비웃은 적이 있다고 한다. 그러던 어느 날 오리타 씨 남편은 이누마와 함께 술을 마시러 갔고 허물없이 이야기를 나누게 됐을 때, 말하고 싶지 않으면 말하지 말라고 서두를 뗀 뒤 필통 일에 대해서 묻자 이누마는 절대 다른 사람에게 말하지 말라는 단서를 붙이며 털어놓았다. 오리타 씨 남편에게만 말해 준 그 '이유'란, 이누마 자리의 반대편에 앉아 있는 가네다 미사코에게는 보는 사람이 아무도 없을 때 손에 쥔 연필을 깨무는 버릇이 있는데, 게다가 연필을 항상 어디에 놔뒀는지 잊어버려서 이누마의 연필을 빌려 갈 때가 많았고, 또 그 보답이라며 미사코가 자기 연필을 이누마의 책상에 놔둘 때도 있었으므로 회사 연필을 쓰면 다 똑같이 생겼으니 미사코가 깨문 연필을 자신이 쓸 위험도 있고, 그런 생각을 하면 손바닥이 가렵기 때문이라고 이누마는 말했다.

"여자가 깨물었던 연필을 받다니 부럽네. 침이 묻었거나 이빨 자국이 나 있었나?" 하고 오리타 씨 남편은 장난스럽게 말했으나 이누마 얼굴의 긴장이 풀리기는커녕 점점 더 굳어졌으므로 오리타 씨 남편은 '이거 놀려서 끝낼 일이 아니네, 진지하게 말해야겠네.' 하고 생각하며 "그러면 어떡하나. 주변에 너무 예민하게 신경 쓰면 안 돼."라고 말해 주었다. 이에 이누마는 "그러고 보니 그렇네요."라고 예의 독특한 어조로 말했고 그다음 날부터 자기 필통을 회사에 가져오지 않아서 오리타 씨 남편은 안도의 한숨을 쉬었다. 그는 이누마가 자기 말을 들어준 것이 뿌듯했으므로 점점 더 이누마를 좋아하게 됐는데, 그 후에도 여러 가지 일이 있었으니, 이를테면 한때 이누마가 일하는 중에 의자에 앉아서 자꾸 안절부절못하며 엉덩이를 움직이기에 주위 사람들은 웃지 말아야 한다고 여기면서도 서로 마주 보며 웃어 대자, 오리타 씨 남편은 더 이상 두고 볼 수 없어서 이누마에게 자기도 치질이 걸린 적 있다며 아는 의사를 소개시켜 주겠다고 말했더니 이누마가 자기는 치질이 아니고 피부가 약해서 회사 변기에 앉아 있으면 종기가 생기기 때문이라고 말했다. 오리타 씨 남편은 난처해져서 오리타 씨에게 이 일을 이야기했더니 변기에 씌우는 긴 양말 같은 비닐이 있다고 하기에, 또 오리타 씨 남편은 이누마에게 그걸 써 보라고 권했다. 그러자 이누마는 "그러고 보니 그렇네요." 하고 놀란 듯 말하더니 실제로 그 비닐을 가져와서 쓰기 시작했다.

그런 이누마가 같은 부서에 있던 료코와 결혼한 것이 사년 전 일이고 료코는 마르고 목소리가 작은 여우 같은 인상의 여성이었는데, 이누마보다 네 살 어리고 고졸인 이 여성이라면 소심한 이누마를 겁먹게 하지 않으리라고 오리타 씨 남편은 생각했다. 하지만 이누마가 실제로 그 결혼을 어떻게 생각하는지는 잘 알 수 없었고 오리타 씨 남편이 보기에 료코는 기뻐하는 것 같으나 이누마는 그다지 내키지 않는 듯 보여서, 오리타 씨 남편은 혹시 이누마에게 다른 좋아하는 사람이 있

개 신랑 들이기

109

는데 료코에게 악심 삽혀서 설혼할 수밖에 없는 건 아닌지 걱정되었다. 결국 빙 돌려서 물어봤더니 그렇지도 않은 듯하여 하는 수 없이 그대로 놔뒀더니 결혼식도 무사히 마치고 한동안 아무 일도 없었는데 일 년 정도 지나자 이누마는 회사에도, 료코에게도 아무런 말도 없이 모습을 감추어 버렸다.

오리타 씨 남편은 이누마가 결혼한 뒤에 이누마와 함께 술자리를 가진 적이 한 번도 없는 것은 아니었지만 하필이면 그해 일이 바빴었고, 또 두세 번 이누마랑 술을 마시러 가도 도통 말이 없었으므로, 그런 이누마가 딱 한 번 료코에 대해서 했던 말이 유독 기억에 남았다. 오리타 씨 남편이 "료코 씨는 어때, 좋은 아내분이지?" 하고 물었을 때 이누마는 말하기 어렵다는 듯이 "집에 돌아가면 내 칫솔이 우두둑 부러져 있을 때가 있어요. 체구가 작아도 힘은 있나 봐요."라고 답하기에 오리타 씨 남편은 뭐라고 반응해야 할지 몰라서 "든든하고 좋네!" 하고 우선 이누마를 격려하듯이 말했더니 "혹시 유부된장국 좋아하세요? 저는 별로예요." 하며 고개를 숙였다. 그래서 "자네가 안 좋아하는데도 료코 씨가 항상 그것만 만들면 먹고 싶지 않다고 똑바로 말하면 되지 않나? 참을 게 뭐가 있어." 하고 타이르자 "아니요. 료코는 유부 된장국 같은 것 안 만들어요. 단지……." 하고 이누마가 말끝을 흐리기에 오리타 씨 남편은 참을성 있게 다음 말을 기다리니 "유부 된장국 냄

110

새가 나요. 저는 냄새라면 어떤 냄새도 안 좋아하고, 만약 좁은 방에서 저 말고 다른 동물이 자고 있다면, 설령 그게 햄스터라고 해도 끔찍할 것 같아요. 숨소리가 들리잖아요. 그 호흡의 리듬이 저의 호흡과는 완전히 다르니까 듣기만 해도 숨이 막힐 것 같아요."라고 이누마가 말했다.

미쓰코는 거기까지 듣고 '이 사람은 다로가 아닌 다른 사람이다, 내가 아는 다로는 냄새 없으면 못 살 정도로 냄새를 좋아하니까.' 하고 확신하며 안심한 뒤 "그렇다면 료코 씨에게 언제라도 좋으니 우리 집에 와서 다로가 남편인지 아닌지 확인하라고 전해 주세요." 하고 오리타 씨에게 말했는데 오리타 씨는 미쓰코가 너무도 침착하고 조리 있게 대답해서 실망했다. 그래도 바로 료코에게 전화를 해서 기타무라 미쓰코의 집 주소를 알려 준 다음 한번 가 보라고 말했더니 료코도 마찬가지로 침착하게 "기타무라 미쓰코 선생님이라는 분은 과일 좋아하세요? 선물로는 뭘 가지고 가면 좋을까요." 하며 남편을 확인하는 일에 크게 신경 쓰지 않는 듯했으므로 오리타 씨의 기대는 허물어지고 말았다.

료코가 기타무라 미쓰코의 집에 온 날은 8월이 끝나갈 무렵 어느 저녁이었는데 하늘은 습기로 무겁게 부풀어서 당

징이다로 터질 듯 보였고, 이윽고 사자가 복정껏 울부짖는 듯
한 천둥소리가 멀리서 들려오더니 주위가 컴컴해졌다. 그때,
눈만 반짝반짝 빛나는 작고 마른 몸이 망가진 울타리 쪽을 스
르르 통과해서 정원 안으로 뛰어 들어왔다. 처음에 미쓰코는
학생인가 하고 생각했으나 눈앞에 서 있는 사람은 이십 대 중
반의 여성이었고 그 여성은 정원 구석에서 멍하니 앉아 하늘
을 쳐다보는 다로 쪽으로 흘깃 짧은 시선을 던졌을 뿐 미쓰코
의 얼굴을 뚫어지게 쳐다보며 "료코입니다." 하고 고개 숙여
인사했다. 미쓰코가 당황한 채 료코를 집 안으로 들이자 굵은
빗방울이 하늘에서 떨어지기 시작했고 다로도 자리에서 천
천히 일어나더니 집 안으로 들어와서 잠시 료코를 쳐다봤으
나 표정에는 변화가 없었다. 미쓰코는 안심하며 '역시 료코의
남편이라는 이누마라는 사람은 다로가 아닌가 보다.' 하고 생
각했고 보리차를 따라서 료코에게 내놓으니 료코는 미쓰코
에게서 눈을 떼지 않았고 다로가 일어나서 안쪽 방으로 들어
간 뒤 미닫이문을 닫아도 그쪽을 보려고 하지조차 않았다. 바
깥의 소나기 소리가 거세져서 미쓰코가 비막이 덧문을 닫으
려고 일어서는 찰나에, 갑자기 료코가 미쓰코에게 달려들더
니 미쓰코의 양쪽 발목을 잡고 잡아당겼다. 과연 그 힘은 예
상외로 어마어마했으며 미쓰코가 다다미 위에 뒤집어진 채로
료코의 눈을 봤을 때 그 눈이 다로의 눈과 너무나도 비슷해서

112

깜짝 놀랐다. 료코는 미쓰코를 다다미 위에서 꽉 짓누르며 미쓰코가 두른 스카프를 조금 풀어 보더니 그 밑에 숨겨진 도넛 모양의 자주색 점의 냄새를 맡았다. 그러고는 "전보 받으셨어요?" 하고 매섭게 물어봤는데, 미쓰코가 혼쭐난 아이처럼 정신을 못 차리고 고개를 좌우로 흔들자 료코는 손을 놓았다. 미쓰코가 몸을 일으켜 세우는 사이, 핸드백에서 하늘색 명함을 꺼내더니 "내일 우리 집으로 오세요." 하고 너무도 당당하게 말했으므로 미쓰코는 거절도 못 했다. 비가 툇마루를 적시는 광경을 보는 동안 구름 사이에서 천천히 저녁 해가 나타나며 빗줄기를 비췄는데 퍼뜩 정신을 차려 보니 료코는 더 이상 거기에 없었다.

미쓰코는 묶이다시피 제압당했던 몸을 겨우 움직이게 됐을 때, 다로가 방 안에서 뭐하고 있나 보려고 미닫이문을 열었으나 다로는 어느새 나가 버렸는지 거기에 없었다.

그다음 날 미쓰코는 약속한 대로 다른 동네의 공공 임대 아파트 단지에 사는 료코의 집을 찾아갔는데, 가 보니 외벽이 불그스레한 색을 띠는 것을 제외하면 미쓰코 학원의 아이들이 사는 아파트 단지와 완전히 똑같았다. 1에, 7에, 6에, 4…… 하고 번호를 따라가며 료코의 집을 찾아낸 뒤 계단을 올라가서 똑같이 생긴 문이 몇 개씩 늘어선 복도의 한 문 앞에 서서 벨을 누르자 료코가 나왔는데, 어제와 달리 료코는 눈에 반짝임이 없고 그저 조용해 보이는 여성일 뿐이었다. 미쓰코가 망설임 없이 집 안으로 들어가서 유부 냄새가 풍기는 방 안을 둘러보았으나 그곳에는 이렇다 하게 눈에 띄는 것이 없었고 굳이 있다면 장롱 위에 금줄* 쪼가리 같은 것이 있어서 특이했는데, 아무 생각 없이 그것을 바라보고 있자니 등 뒤에서 료코가 싱긋 웃고 있었다.

료코의 이야기에 따르면 어제 미쓰코의 집에서 확인한 남자는 확실히 자기 남편이 맞는데, 자신은 오리타 씨가 믿는 것과 달리 삼 년 전 남편이 증발했을 때의 충격에 여전히 사로잡힌 채 아무 단서 없이 남편을 찾아다니는 것은 아니고, 때때로 길에서 남편을 보기도 했으며 최근에는 남편이 마쓰바라 도시오와 '밤놀이'를 즐기고 있음을 알고 마쓰바라를 만나 본 적조차 있었다고 한다. 수수하면서도 사람을 심심하게 하지 않는 마쓰바라의 됨됨이에 감명받았는데, 마침 남편에게 낮놀이를 하는 또 다른 상대 여성이 있다고 해서 남성 파트너 말고 그 여성 파트너를 한번 만나 보고 싶었던 차에 오리타 씨가 기회를

* 시메나와(しめ縄)라고 하는 금줄은 볏짚을 꼬아서 만든 장식물로서, 신을 맞이하고 액운을 쫓아내는 역할을 한다. 1월 1일 새해 전후로 집 대문에 걸어 두는 풍습이 있다.

만들어 줘서 이런 상황이 됐다는 이야기까지 듣자 미쓰코는 크게 놀랐다. 마쓰바라 도시오가 후키코의 아버지이기 때문인데, 후키코의 어머니는 몇 년 전에 병으로 돌아가셨고 아버지가 홀로 후키코를 키우고 있었으므로 학원에 처음 올 때도 아버지가 후키코를 데리고 부탁하러 왔었다. 그때 느낀 후키코 아버지의 인상은 뚱뚱하고 금방이라도 울 것처럼 칠칠맞지 못한 얼굴이었다. 왼쪽 송곳니가 없어서인지 시옷 소리가 바람 소리같이 들려서 말할 때마다 답답했는데, 그래도 정중하게 부탁하는 사람이었고 미쓰코를 신뢰해 주었기 때문에 미쓰코 역시 터놓고 이야기를 나누었고, 악어의 생태나 인도네시아의 가옥 형태 등 여러 가지 얘기를 하는 동안 마쓰바라 도시오가 재미있는 것을 많이 아는 사람이라는 사실을 알았으며, 더구나 다른 사람에게서 들은 말에 따르면 일도 잘하는 사람이라고 한다. 그래서 도무지 '밤놀이'를 즐기는 사람 같지 않았는데 도대체 어떤 점을 보고 료코가 그렇게 말하는지 수긍이 가지 않아서 "밤놀이라 함은 여자와 논다는 말인가요?" 하고 미쓰코가 물으니 료코는 "아니요. 남자끼리 노는 거예요." 하고 단호히 대답했다. "그래서 뭘 하고 노는데요?" 하고 미쓰코가 물으니 료코가 갑자기 웃음을 터뜨렸고, 미쓰코는 더 이상 물어보기가 뭣해서 가만히 있었더니 "그 사람, 이제는 내 남편이 누마 다로가 아니에요." 하고 료코는 또 알 수 없는 이야기를 시삭했다. "남편 다로는 다른 사람의 피부를 만지는 일을 극도로 꺼렸고 예민하고 야무지지 못한 사람이어서 저도 진작 이혼할 수 있었죠. 그런데 지금의 그 다로 역시 청결한 것을 변함없이 좋아할지 몰라도 전혀 다른 사람이에요. 사실 다로가 증발하기 전에 다로를 변신시켰을지도 모르는 사건이 하나 있었어요. 그래서 이제 다로는 더 이상 내 남편이었던 다로가 아니지만 또 그렇게 잘라 말할 수도 없는 것이, 다로와 다시 관계를 회복하려면 나 역시 그 사람 정도의 기술과 힘이 있어야 한다고 생각해서 훈련장에 다니며 수행하고 있었는데요, 그러는 동안 수행 자체가 재미있어서 남편에 대한 집착을 잊게 됐죠." 라고 말하기에 미쓰코가 "수행이라 함은 합기도 같은 걸 말하는 거예요?" 하고 어리둥절한 얼굴로 되묻자 료코는 눈 깜짝할 사이에 미쓰코를 빠르게 안아 올리더니 탁자 위에 올렸고 그렇게 올려진 미쓰코는 양쪽 팔다리를 허우적대며 허둥지둥 탁자에서 내려오려고 하다가 그만 무릎을 벽에 부딪치는 바람에 "아얏!" 하고 소리를 질렀다. 거의 그와 동시에 료코가 문어처럼 미쓰코의 무릎에 달라붙어서 미쓰코의 아픔을 죽죽 들이마셨다. "저도 왠지 점점 다로가 되어 가는 것 같아요." 하고 료코가 말하기에 미쓰코는 얼굴이 빨개졌고,* 무릎을 어루만

* 미쓰코도 다로가 되어 가는 듯 냄새에 민감해졌기 때문이다.

지면서 다로가 변신한 계기가 됐다는 삼 년 전의 사건에 대해 이야기를 들었다.

　삼 년 전 아직 근처 언덕에 집들이 늘어서기 전, 언덕 위에 새로운 레스토랑이 생겨서 어느 일요일 오후 료코와 다로는 그 레스토랑에서 홍차와 치즈케이크를 먹고 도시락용 스테이크와 소스를 사 가지고 집으로 돌아가면서 산책도 할 겸 언덕 뒤쪽에서 지하철역으로 이어지는 고즈넉한 숲길을 걸었는데 엔진 소리 같은 기묘한 소리가 등 뒤에서 들려오는 것 같기에 뒤돌아봤더니 나무를 벤 조그마한 공터에 파이프가 쌓인 것 말고는 수상한 기미가 없었고, 조금 더 걷자 좁은 도로가 나왔는데 잡초가 허리까지 자란 공터의 좌우에서 또 엔진 소리 같은 소리가 들려왔으므로 "뭐지?" 하고 료코가 중얼거리는 순간에 개들이 줄줄이 튀어나왔다. 개들은 모두 시바견 정도의 크기여서 료코는 곧바로 무서워하지 않았지만 '음, 목줄을 하지 않았으니 들개인가? 으르렁대는군.' 하며 잠시 생각에 빠진 사이에 그중 한 마리가 다로에게 달려들었고 다로가 비명을 지름과 동시에 또 다른 개들도 다로에게 달려들어서 다로는 스테이크가 들어 있는 봉투를 멀리 던져 버렸으나 그쪽으로 달려간 개는 한 마리뿐이었고 나머지 개들은 전부 다로의 다리를 물고 늘어지며 떨어지려고 하지를 않았다.

바지가 찢기는 소리, "그만둬!", "떨어져!", "더러워!" 하고 다로가 고함치는 소리만이 들리는 와중에, 료코는 도중에 있던 공중전화로 정신없이 뛰어가서 경찰한테 전화를 한 뒤 구청의 들개 담당자들이 막대기와 그물을 가지고 올 때까지 거기서 기다리고 있었다. 그러고는 들개를 잡으러 온 사람들과 함께 아까의 그곳으로 가 보니 다로는 길가에 쓰러져 있었고 들개는 없었다. 다로는 바로 차에 실려 근처의 종합 병원으로 옮겨졌고, 다리에는 물린 흔적이 열대여섯 군데나 나왔지만 상처가 그다지 깊지 않고 광견병이 옮은 것도 아니어서 곧 의식을 되찾았다. 료코는 운이 좋았다고 생각하던 차에, 다로의 할머니라는 사람이 환장한 얼굴로 나타났다. 다로의 어머니보다 먼저 택시를 타고 병원으로 달려와서는 "이 아이는 큰일 났다! 나쁜 것에 씌었어!" 하고 울음을 터뜨렸고 다로의 어머니도 나중에 와서는 "이분 말씀은 신경 쓰지 마세요. 옛날부터 미신에 빠져 계셨는데 요즘엔 또 신흥 종교에 빠져서 이상한 소리만 하세요."라며 망신스럽다는 듯이 변명했다. 료코는 이 말을 들었을 때 무슨 일인지 귓불 뒤가 확 차가워져서 다로의 몸을 격렬하게 흔들어 일으킨 다음 "당신, 이대로 미친 사람이 된 거 아니지?" 하고 물었고, 료코의 세찬 말투에 놀랐는지 다로는 당황해서 그대로 입을 다물어 버렸는데, 이 모습을 본 료코는 지금껏 참아 왔던 짜증 같은 것이 폭발해서 "도대체 왜 아무 말도 안 하는 거야? 말을 못 하게 되기라도 했어?" 하고 몰아붙인 것이 원인이 됐는지 다로는 정말로 말을 못하게 됐고 료코의 짜증은 점점 더 심해져서 아무 말도 하지 않는 다로를 향해 그릇을 던질 때도 있었으므로 결국 다로는 집을 나갔는데 집을 나갔어도 멀리 간 것은 아닌 모양인지 료코는 때때로 근처 공원이나 역 앞에서 다로를 보고는 했는데, 그렇게 볼 때마다 다로는 건장해지고 눈빛도 강해지고 움직임도 민첩해져서 료코가 말을 걸려고 하면 벌써 사라지고 없었다. 그러는 동안 다로는 회사에도 안 나갔는지 오리타 씨 남편이 걱정을 하며 료코에게 전화를 했는데 "사실은 사라졌는데, 어디로 갔는지 모르겠어요." 하고 료코는 울면서 애처롭게 말했지만 단지 심문받고 싶지 않았기에, 그러니까 다로가 없어진 사실을 왜 이제껏 아무에게도 말하지 않았는지 미심쩍다는 듯 물어볼까 봐 슬픔에 잠긴 채 아무것도 모르는 여자의 역할을 했을 뿐이고, 진심은 슬픔보다 다로에 대한 짜증이 질투로 바뀌었을 따름이었다. 그러니까 볼 때마다 건장해지는 다로의 몸에 비해 자기 몸은 너무 둔하고 뻣뻣하고 매력 없게 느껴져서 '수행'을 시작했다는 이야기였다.

결국 미쓰코는 다로와 도시오의 '밤놀이'에 대해서도, 료코의 '수행'이라는 것에 대해서도 더 알 수 없게 됐지만 집에 놀아가서 '이놈이 회사원이었단 말이지?'라는 생각으로 다로를 바라보자 여태까지 다로를 눈앞에서 바라볼 때 느꼈던 황홀이 옅어졌다. 9월 1일부터는 학원도 새 학기를 시작했으므로 미쓰코는 매일 오후부터 저녁까지 많은 아이들을 맞이해서 바쁘게 일했으며 다로는 오후에 집을 나가서 밤까지 들어오지 않았는데, 그러는 편이 미쓰코에게도 더 편했고 햇빛 아래에서 다로를 볼 때면 어딘가 역겨웠으므로 집이 어두울 때, 그것도 새벽에 보는 쪽이 나았고 그때 말고는 다로라는 사람이 자기 생활에서 사라지기를 미쓰코는 바랐다.

후키코에게는 각별한 감정이 생겨서, 다른 아이들한테 따돌림당하는 아이를 지켜 주고자 했던 마음이 여름 방학 전까지 이어졌다. 하지만 지금은 후키코의 머리칼을 빗어 주고 손톱을 깎아 주고 한 시간 빨리 학원에 오라고 해서 특별 수업까지 해 주었는데, 그럼에도 후키코가 다른 아이들보다 학습이 더디면 미쓰코는 마치 자기 일인 양 화를 냈다. 후키코는 그런 미쓰코가 마음에 들지 않는지 한 시간 빨리 오라고 말해도 처음엔 다른 볼일이 있다고 거짓말을 하며 거절했고 학원이 끝나고 나서도 미쓰코가 말을 걸지 못하도록 서둘러 집에 갔으므로 아마 의식적으로 피하는 듯했다. 그러던 어느 날 미쓰코에게 잡혀서 "저녁은 어떻게 먹고 있니?"라는 말을 듣자 "아빠가 돈 줘요." 하고 대답했고, 미쓰코가 그런 대답으로는 성에 안 찬다는 듯이 "그 돈으로 뭘 사 먹는데?" 하고 다시 한 번 묻자 "닭꼬치 먹을 때도 있고요, 치즈버거 먹을 때도 있어요."라고 대답했다. 미쓰코가 어이없어서 한숨을 쉬었더니 후키코는 부끄러워 죽겠다는 듯 울음을 터뜨렸고, 미쓰코가 "내일부터 우리 집에 와서 먹어." 하고 말하자 달갑지는 않았지만 싫다고도 말할 수 없어서 또 울었다. 그렇게 울음을 그치지 않기에 미쓰코가 눈물을 닦아 주자 후키코는 마음이 풀어지고 반발심도 돌연 누그러졌는지 미쓰코의 가슴에 얼굴을 묻고 울었다. 다른 사람들과 친하게 지내지 말라고 말했던, 평소에 사람을 좋아하지 않던 아빠도 미쓰코에 대해서는 나쁘게 말한 적이 없었으므로 후키코는 특별히 나쁜 행동을 했다는 느낌 없이 그때그때 자기 행동 따위는 잊고 미쓰코를 따랐다.

후키코는 매일 학교를 마치면 미쓰코의 집으로 가서 다로가 만든 저녁을 먹었고 다로가 나가면 학교 동급생들이 학원에 오는 수요일을 빼고는 바깥으로 놀러 가든가 안쪽 방으로 들어가서 콕 박혀 있다가 다로가 돌아오기 오 분 전이면 무슨 벌레가 미리 알려 주는지 후키코는 집으로 돌아갔다. 그런 생활에 금방 익숙해져서 미쓰코를 봐도 특별히 좋아하는 얼굴은 아니었지만 딱히 도망가지도 않았으므로 미쓰코는 후키코의 마음을 끌고자 책을 사 줄 때도 있었는데, 후키코는 책이라면 질색했고 음식도 케첩이나 마요네즈의 맛이 없으면 먹지 않으려 했으나 다로가 만든 음식은 하는 수 없이 먹는 것 같았다. 또 다로를 관찰하는 것이 꽤 재미있는지 식사 중에도 교활한 곁눈질로 다로를 살펴보면서 우물우물 입으로 밥을 가져갔다.

후키코는 과묵한 편이었고 무슨 질문을 받으면 질문의 의미를 잘 이해하지 못하는지 엉뚱한 이야기를 꺼낼 때도 있었는데, 가령 미쓰코가 "너희 아버지, 박학다식하시더라. 언젠가 우리 집에 오셨을 때 악어 이야기를 해 주셨거든. 분명 여러 나라를 여행하시겠지."라고 말을 건네자 후키코는 조금 생각하더니 "아빠는 항상 여행 가고 싶다고 말은 하는데, 여행용 트렁크를 꽉 채워서 화장실 앞에 놔두기만 하고 전혀 안 가요. 마지막으로 여행 간 것이 지금 다니는 회사에 들어가기 전이라던데요?" 하고 약간 기세등등하게 말했다. 그래서 미쓰코가 "분명 일이 바쁘신 거지." 하고 말하면 후키코는 고개를 갸웃할 뿐 끄덕이지 않을 때도 있었고, 또 후키코는 지금까지 '바쁘다'라는 단어를 쓴 적이 없어서 요즘 아이들에 비하면 특이하다고 미쓰코는 예전부터 기이하게 여겼다. 또 어느 날은 미쓰코가 "혹시 아버지가 다로 씨에 대해서 무슨 말을 했니?" 하고 물어보자 후키코는 수상하다는 눈빛으로 미쓰코를 보더니 "우리 아빠, 다로 씨하고 만난 적 있어요." 하고 말했다. 미쓰코의 얼굴을 올려다보는 후키코의 눈빛은 시치미 떼는 눈빛이 아니었으므로 미쓰코는 차라리 말하지 말걸, 하고 후회했다.

　늘 손바닥이 끈적거리고 그 손바닥으로 귀를 만지작거리다가 깊은 생각에 빠져서 꾸물꾸물 젓가락질을 하는, 결코 영리하다고 할 수 없는 후키코를 보고 있으면 미쓰코는 짜증과 비슷한 강렬한 애정이 솟아남을 느끼면서 아픈 가슴으로 다로가 빨리 나가 주면 좋겠다고, 그러면 자기와 후키코 단둘이서만 있을 수 있겠다는 생각까지 했다. 그러나 둘만 있다고 해서 뭔가를 하려는 것은 아니고, 오히려 미쓰코가 억지로 책을 읽어 주려고 하면 후키코가 꺼려 하며 싸울 때가 더 많았지만, 어느 날은 미쓰코가 단추가 떨어지려고 하는 후키코의 블라우스를 벗기고 단추를 달아 주자 후키코는 알몸으로 옆에 앉아서 미쓰코의 손놀림을 지그시 바라보더니 미쓰코의 어깨에 기댔다. 미쓰코는 혹시 후키코가 잠들었나 하고 바라봤는데 굉장히 진지한 눈길로 바늘의 움직임을 좇고 있기에 미쓰코가 "후키코는 독서보다 단추 다는 게 더 재미있나 보네." 하고 말했더니 후키코가 "나는 선생님 같은 학자가 아니니까요."라고 무례하게 대꾸해서 미쓰코를 또 화나게 한 적도 있었다.

우키코는 미쓰코가 각별히 대한 뒤부터 표면적으로는 따돌림을 당하지 않았으나 못된 소문은 전보다 더 빈번히 뒤에서 나돌았는데, 특히 후키코의 아버지가 게임 오락실에서 '허리를 흔든다'는 소문이 자주 들려왔다. '허리를 흔든다'는 표현은 중학생 남자아이들끼리 여러 가지 뜻으로 사용하는 말이었는데, 초등학생들 사이에서 인기를 얻더니 의미도 분명하지 않은 채로 쓰이기 시작했다. 우연히 그 말을 들은 어머니들은 당황했으나 그 어머니들 역시 말의 뜻을 몰랐고 누구에게 물어볼 수도 없었다. 미쓰코는 오리타 씨에게서 이 말을 들었을 때 무슨 이유에서인지 웃음이 나왔는데, 그 말의 뜻을 모르는 것은 아니었고 단지 우습다는 생각이 들었다. 오리타 씨가 "그래도 무슨 말인지 알아내야 하지 않겠어요? HIV* 같은 것도 걱정되고." 하고 자기 말이 우습냐는 듯이 인상을 찌푸리며 말했을 때 미쓰코는 오리타 씨가 뭘 말하고 싶어 하는지를 몰라서 "알아내다니 뭘 알아낸다는 건데요?"라고 대꾸해 버렸다. 오리타 씨는 요전번부터 제대로 말해 주지 않는

*　원문에는 '에이즈'라고 표기돼 있으나 정확하지 않은 용어인 데다 혐오 발언이므로 HIV(Human immunodeficiency virus, 인간면역결핍바이러스)로 바꿔 적는다. HIV 감염으로 면역력이 저하되면 여러 감염과 종양이 발생할 수 있고, 이러한 증상이 나타난 단계를 후천성면역결핍증(AIDS, Acquired immune deficiency syndrome)이라고 말한다.

미쓰코의 태도에 질렸으므로 "그러니까 댁의 다로 씨가 혹시라도……." 하고 말하면서 도중에 멈췄는데, 일단 다로가 미쓰코의 것이 아님에도 '댁의 다로'라고 언급했음이 겸연쩍었고, 다로의 인간관계를 캐내야 하는 의무 따위가 자신에게 없음을 알고 입을 다물었다. 이제야 조금이나마 상황을 파악한 미쓰코가 "아, 그건 괜찮아요." 하고 말한 까닭은 요전에 다로와의 관계를 끝냈으므로 다로가 누구와 관계를 맺든 자기랑 상관없기 때문이었다. 그런 반응을 생각해 본 적도 없는 오리타 씨는 불만이라는 듯이 "그래도 한번 차분히 이누마 씨하고 이야기를 나눠 보는 것이 좋지 않겠어요? 물론 이누마 씨가 료코 씨에게 돌아가는 것이 제일 좋지만 두 사람 다 관계를 회복할 의지는 없는 것 같고 이누마 씨가 료코 씨와 정식으로 이혼하고 신랑으로서 선생님 곁에 온다면 이치에 맞다고 보는데, 지금처럼 게이 바 같은 데를 드나들면……." 미쓰코는 '신랑'과 '게이 바'라는 말에 정신이 번쩍 들었고, 아이들이 게임 오락실이라고 말하던 곳은 사실 게이 바인데 자기만 그 사실을 몰랐을 수도 있다고 생각했다. 설령 그렇더라도 자기는 이제 다로가 무엇을 하든 큰 상관이 없다고 생각했으므로 "괜찮잖아요. 하고 싶은 대로 하면 되잖아요. 다로가 내 신랑이 돼야 할 이유도 없고요."라고 말하자 오리타 씨는 눈을 깜박이며 "선생님도, 료코 씨도 이누마 씨를 도대체 뭐라고 생각하는 거예요! 이누마 씨가 불쌍하지도 않아요?" 하고는 눈에 눈물을 머금은 채 돌아가 버렸다.

어느덧 9월도 끝나갈 무렵 오리타 부부는 주말에 아이들을 데리고 오리타 씨 친정에 갔다가 기차를 타고 돌아오는데, 그 일요일 밤에 우에노 역에서 내리자 아이는 운동화 끈이 엉켰다면서 플랫폼에 쭈그려 앉아 버렸다. 가만 살펴봤더니 정말로 운동화의 양쪽 끈이 서로 엉켜서 도대체 어쩌다가 이렇게까지 엉켰지, 하며 놀란 상태로 있는데 아이가 우물쭈물 엉킨 끈을 풀어서 다시 묶는 동안 오리타 씨는 무심히 건너편 플랫폼에 시선을 던졌다. 이누마 다로와 마쓰바라 도시오가 각각 여행용 트렁크를 가지고 서로 몸을 찰싹 붙인 채 서 있었으므로 오리타 씨는 자기도 모르게 남편의 가슴을 세게 잡아당겼고 남편 역시 잠시 두리번거리더니 두 사람의 모습을 발견하고서는 "이누마!" 하고 큰 소리로 불렀다. 다로도 곧바로 오리타 씨 남편을 발견했는데 당황하는 기색 없이 정중하게 고개 숙여 인사했고 "어디 가는 거야?" 하고 오리타 씨 남편이 더 큰 소리로 말하자 "그동안 고마웠습니다!" 하며 특별히 힘주지 않은 저렁저렁한 목소리로 대답했다. 오리타 씨 남편은 "바보!" 하고 외쳤으나 막 들어온 특급 열차 소리에 묻혔고, 이누마 다로와 마쓰바라 도시오 두 사람의 모습도 기차에 가려져서 더는 보이지 않았다. 오리타 씨 남편은 짐을 오리타 씨에게 맡긴 다음 계단을 뛰어 내려가서 건너편 플랫폼으로 서둘러 갔는데 잠시 후 헐레벌떡 돌아오더니 "도망갔네. 경찰에 전화할까."라고 말했다. 오리타 씨가 그러지 말라고 말려서 가만 생각해 보니 이누마 다로가 마쓰바라 도시오와 같이 여행을 떠나는 일은 전혀 경찰에 쫓길 만한 이유가 아니었다. "어쨌든 기타무라 미쓰코 선생님께 말해야겠다."라는 아내의 말도 맞았으므로 플랫폼에서 기타무라 미쓰코 선생님께 전화를 걸어 보니 아무도 전화를 받지 않았다. 하는 수 없이 집에 돌아가서 다시 걸어 봤으나 역시 아무도 받지 않아서 '이렇게 늦은 밤에 이상한 일이네.' 하는 생각이 들었고 오리타 부부는 가만히 있을 수 없어서 차에 올라탔다. 남쪽 동네의 가로등조차 드문드문한 자갈길을 흔들흔들 내달리며 기타무라 미쓰코의 집에 도착했지만 집의 불은 꺼져 있었다. "기타무라 미쓰코 선생님!" 하고 몇 번을 불러 보아도 대답이 없고 이상하게도 현관문은 잠겨 있지 않기에 문을 열고 들어가서 불을 켰더니 집 안은 싹 정리된 데다 왠지 모르게 묘한 한기마저 돌았다. 그때 오리타 씨 남편이 "아!" 소리를 내며 손가락으로 가리킨 것은, 정원을 통과해서 집으로 들어갈 때 바로 눈에 띄도록 기둥에 붙여 놓은 종이였다. 거기에는 분홍색 매직펜으로 큼지막하게 '기타무라 학원은 문 닫았습니다.'라고 석혀 있었다.

그다음 날 오리타 부부의 집으로 미쓰코가 부친 전보가 도착했고, 거기에는 다음과 같이 쓰여 있었다. **후키코를 데리고 야반도주합니다. 모두 안녕히 계세요.** 그리고 미쓰코가 살던 집은 얼마 지나지 않아서 허물어졌고, 거기에 새로 아파트를 짓는다며 공사를 시작했을 때는 아이들도 모두 새 학원을 다니기 시작했으므로 남쪽에 갈 일은 거의 없었다.

반차별의 관점에서 본
두 소설이 남긴 단상

「페르소나」는 낯선 여인이 거리를 서성이는 장면으로 끝나며 스산한 기운을 남긴다. 그리고 「개 신랑 들이기」는 마치 만담 같은 장황하고 희극적인 문체로 연신 이어지다가 한밤에 훌쩍 어딘가로 떠나 버린 여인의 메모만을 남긴 채 끝난다. 우리는 그 한 장의 메모를 통해 여인이 남기고 간 휑하고 텅 빈 공간이 한때 어떤 공간이었는지 잠시 생각해 볼 뿐이다. 「페르소나」는 외국에서 아시아를 바라보는 시선과 일본 사회가 다른 아시아를 바라보는 시선을 중층적으로 다루고, 「개 신랑 들이기」는 일본 사회 내부에서 일본 사회를 바라보는 시선을 조명하는 만큼, 두 소설의 인상은 물론, 화자의 문제의식과 화법도 서로 다르다.

「페르소나」에는 표정과 얼굴에 관한 대화가 자주 나온다. 김성룡이라는 한국 사람은 단지 표정이 없고—그것은 동아시아인의 특징이고—따라서 무슨 생각을 하는지 알 수 없는 의심적은 얼굴을 가졌으므로, (동아시아인이 아닌) 직장 동료들로부터 성범죄 가해자일 수도 있다고 의심받는다. 그의 무표정한 얼굴을 가면이라고 여기는 것이다. 작품의 주요 인물인 미치코와 가즈오 남매도 한국 사람과 일본 사람의 얼굴 생김새에 대해서 얘기를 나눈다. 어느 나라 사람의 눈이 더 가늘다거나 크다고 절대적으로 구분할 수 없음을 전제한 농담조의 대화인 듯하지만 미치코와 달리 가즈오는 그 구분을 심각한 문제로 받아들인다. 모두 전형적인 얼굴 생김새에 관한 대화이므로, 자연인의 얼굴 자체가 아니라 자연인이 어떤 문화에 속하고 분류됨으로써 뒤집어쓰게 되는 얼굴, 즉 가면에 관한 대화로 읽힌다. 여기서 문화란 '인간 집단이 공유하는 생활 양식'을 뜻한다.

한국 사람과 아시아인에 대해 전형적 이미지를 가지고 있는 병원 사람들은 김성룡의 겉으로 드러난 얼굴을 본래 얼굴이라 믿으며 간단히 범죄와 결부시킨다. 그리고 이러한 전형적 이미지(무표정한 얼굴)는 몽골계 인종의 특징이라거나 유교식 교육 때문이라는 등 과학적이고 문화적인 근거에 의해 뒷받침되기까지 한다. 무표정하기 때문에 범죄자로 쉽게 의심받는 경우처럼, 전형적 이미지는 한 사회의 정치적 차별과 긴밀히 연결된 부정적인 문화적 표상이다. 이 같은 표상은 깨끗함-더러움, 근면-게으름 같은 위계적 구분과 관련된다. 가령 식민 지배 시기의 일본은 조선인에 대한 부정적인 문화적 표상을 구축하고 유지했다. "일본 치안 당국의 재일조선인에 대한 인식은 '더럽다', '게으르다', '위험하다'였고 (……) 일상생활 속에서의 감시와 단속 경험을 통해 이(부정적인 문화적 표상)를 강화"*했다. 또 패전 직후, 일본의 식량 부족과 사회적 혼란은 조선인이 밀주를 제조하기 때문에 초래됐다며 '조선인 범죄자'라는 표상을 강조하기도 했다. "도시민들은 한정 배급된 식량을 사기 위해 줄을 서거나, '암시장을 이용하지 않으면 건강을 유지할 수 없는' 상태에 처해 있었다. 누구나 그런 상태였음에도 일본 검찰은 조선인만을 '암시장의 근원'이라 인식하고 있었다."** 미치코의 지인인 사다 씨와 야마모토 씨는 한국 두부는 조려야 먹을 수 있다느니, 태국 사람이나 중국 사람은 느긋하다느니, 얘기하면서 우리가 흔히 고정

---

*   이승희, 『식민지 시기 재일조선인에 대한 일본 치안 당국의 인식』, 《한일관계사연구》 44호, 2013. 161쪽.

** 리행리(李杏理), 『재일조선인의 탁주와 생활 경제(在日朝鮮人の濁酒と生活經濟: 1939~1949)』, 히토쓰바시 대학교 대학원 언어사회연구과 박사 논문, 2020. 요지 1쪽.

관념이라 일컫는 문화적 표상을 (익숙하게도) 모두 더러움이나 게으름과 연결시킨다.

미치코는 이처럼 문화적 표상의 위계적 가치 판단에서 상위로 오르거나 하위로 내려가는 '일본적인 것(일본인, 일본 역사, 일본 문화)'이 자기를 구성한다는 사실을 늘 예민하게 의식한다. 반면 미치코와 함께 독일에서 생활하고 있는 동생 가즈오는 미치코와 상반된 생각을 지닌 인물이다. 가즈오의 일본인 정체성은 종족 우월적이고, 여성 차별적이다. 그럼에도 미치코는 베트남 난민을 대상화하고, 인종과 문화, 성(性)에 대해 차별적 태도를 보이는 가즈오를 마음 터놓고 지낼 수 있는 친밀하고 다정한 존재로 느끼지만, 반면 가즈오가 미치코에게서 느끼는 친밀감이란 자기에게 위협이 되지 않는 일본인 여성에게서 얻을 수 있는 안도감일 뿐이다.

결국 김성룡이 범죄를 저질렀는지, 않았는지는 명확히 밝혀지지 않는다. 하지만 김성룡을 두고 오간 어수선한 의심의 말들은 미치코의 예민한 감각을 들쑤시는데, 그러한 낙인을 보고 듣는 일 자체가 하나의 고통임을 암시하는 듯하다. 병원 사람들이 회의에서 성범죄 문제를 다루는 동안 김성룡에 대해 나눈 이야기(편견)들을, 카타리나는 미치코에게 전화로 알린다. 그때 미치코는 자기 것이 아닌 듯한 눈물을 흘리고, 김성룡이 오직 무표정하다는 이유만으로 범죄 용의자가 됐다는 데에 화가 난다고, 가즈오에게 동의를 구하듯 말하지만 가즈오는 냉소적인 반응을 보일 따름이다. 그 순간 미치코는 가즈오와 어느 독일 식당에서 나누었던 대화를 악몽처럼 떠올린다. 그러고는 또다시 골반이 수축하는 듯한 아픔을 느끼며, 쫓기는 걸음으로 그동안 애써 피해 왔던 어떤 장소로 향한다.

미치코가 향한 곳은 '플로텔 오이로파'라는 난민 수용소다. 미치코에게 그곳은 어떤 문화에 속함으로써 쓰게 되는 가면이 벗겨지는 곳, 조르조 아감벤이 언급한 '벌거벗은 생명(Homo Sacer)'이 있는 곳, 즉 경계선을 그어서 문화를 구획하고 그에 맞게 가면을 덧씌우거나 벗기는 권력으로부터 벗어나 있는 곳, 생존 자체가 위험에 처한 사람들이 있는 곳이다. 그곳은 문화의 동질성과 이질성으로 서로를 알아보고 구분하는 일상의 영역에서 벗어난 존재들이 모여 있는 장소이므로 무서우면서 동시에 매혹적이다. 이어서 미치코는 사다 씨의 집으로 발걸음을 옮기고 거기서 내내 겉돌다가 돌연 일본 가면을 뒤집어쓰고 바깥으로 나온다. 그리고 갑자기 몸이 커진 듯 자유로움과 벅찬 기분을 느낀다. 하지만 그것 역시 모조품이자 기념품으로서 일본 사람의 전형적 이미지를 담아낸 가면이므로 익명성을 띤다. 그렇다면 미치코는 왜 익명성의 가면 아래에서 자유로움과 벅찬 기분을 느꼈을까? 베를린 길거리를 오가는 사람들 모두가 가짜임을 아는 전형적 이미지(가면)를 마치 농담처럼 자기 얼굴로 삼음으로써, 그 얼굴은 내 얼굴이 아니라고 자연인으로서 역설했기 때문은 아니었을까. "강력한 말을 가진 몸"이 의미하는 바는 이런 것이 아니었을까. 물론 여기서 자연인이란 문화를 완전히 제거한 순수한 내면을 지닌 존재가 아니다. 문화로 환원할 수도, 내면으로 환원할 수도 없는 그 어디쯤의, 자유 의지를 가지면서 동시에 문화와 상호 관계성을 맺는 존재일 터다. 옮긴이가 이해한 미치코는 '일본적인 것'과 상호 관계성을 가진 존재로서 스스로를 일본인이라 의식하는 한편, 일본 문화라는 동질성에 균열을 일으키려는 자유 의지를 가진 존재다. '페르소나(persona)'는 라틴어인데, 연극 무대에서 배우들이 쓰던 가면을 뜻한다. 그런데 고대 로마의 철학자 보에티우스는 "페르소나라는 말이 '목소리가 울려 퍼지다'라는 동사에서 나왔다."*라고 적고 있다. 페르소나는 가면이면서, 또 그 얼굴 뒤에서 들려오는 말인 것이다. 그래서 더더욱 이 소설의 마지막 장면에서 가면을 조롱하는 목소리가 들리는 것만 같다.

---

* 모리오카 마사히로(森岡正博), 『페르소나론의 현대적 의의(ペルソナ論の現代的意義)』,《비교사상연구(比較思想研究)》40호, 2013. 47쪽.

「개 신랑 들이기」는 무성 영화의 변사가 시치미를 뚝 떼고 말하는 것 같은 리듬감 넘치는 문체로 이어지고, 개와 공주가 결혼하는 '이류혼인담(異類婚姻談)'을 각색한 환상적 허구가 강하게 서린, 그러면서도 일본 사회에서 억압받는 존재들의 꿈틀거림을 통해 비판적 메시지를 전하는 소설이다.

소설의 배경은 공공 임대 아파트가 즐비한 도쿄의 다마 지역으로, 주인공은 그곳의 북쪽 지역보다 훨씬 낙후한 남쪽 지역에서 학원을 운영하는 기타무라 미쓰코 선생님이다. 소설은 화자가 짐짓 딴청을 피우듯, 기타무라 미쓰코 선생님이 아이들에게 이미 두 차례나 코 푼 휴지를 세 번째로 화장실에서 사용하면 부드럽고 좋다는 이야기를 들려준 일화와, 「개 신랑 들이기」 민담을 전해 들은 아이들의 어머니들이 화들짝 놀라서 근심하는 모습을 서술하며 시작한다. 아이들이 사는 곳은 학원의 반대편, 북쪽에 자리한 공공 임대 아파트 단지로, 약 삼십 년 전부터 개발되기 시작하면서 남쪽과 달리 번화한 동네다. 일본 대도시권에서 공공 임대 아파트 단지가 개발된 데에는 특수한 사회적 배경이 있다고 한다. 전후 일본은 성별 노동 분업에 근거한 핵가족 모델을 구축하면서, 그 노동 분업으로 말미암아 경제 성장을 도모하는 자본주의의 한 단계를 지나고 있었다. "고도 경제 성장에 따른 뉴타운 건설은 1950년대부터 1970년대에 이르기까지 활발히 일어났으며, 중산

층 샐러리맨 가정이 사는 단지, 즉 남편은 '샐러리맨'이고 아내는 '전업주부'인 구성이 일본 사회의 일반적 인식으로 자리 잡고 있었다. 당시의 여성상은 그 범주 안에 있었다고 할 수 있다."*

이를테면 미쓰코는 정형화된 방식으로 사는 사람들이 모인 아파트 단지 안에 나타난 이상한 존재다. 기성 가족 모델에서 벗어난 정체불명의 비혼 여성이기 때문이다. 미쓰코의 엉뚱한 생활 방식은 단정하고 화목한 '이성애 정상 가족' 규범에 균열을 낸다. 학원 아이들에게 근친상간이라는 금기를 건드리는 이야기를 들려주는가 하면, 정숙하지 못하게 맨몸이 드러나는 허름한 옷을 입고, 괴상한 고약을 만들어 붙이기도 한다. 또 동거를 시작한 미쓰코와 다로의 관계 역시 낭만적 이성애라기보다 후각이 발달한 사람-동물의 역할 바꾸기 놀이에 가깝다. 료코에게 다로는 더 이상 추억 속의 전 배우자가 아니라, 몸만들기의 경쟁자다. 게다가 미쓰코와 다로는 가족을 증식시켜 나가는데, 가령 다로는 동성 애인인 도시오와 만나고 미쓰코는 제자이자 도시오의 딸인 후키코를 돌본다. 그리고 이들 네 사람은 어느 날 홀연히 떠난다. 이들이

* 마쓰자키 미에코(松崎美惠子), 「다와다 요코 「개 신랑 들이기」론: 젠더 규범 해체를 중심으로(多和田葉子「犬婿入り」論 : ジェンダー的規範の解体を中心に)」, 《일본문화학보(日本文化學報)》 84집, 2020. 131쪽.

남긴 정적과 빈 공간은 무엇을 의미하는가. 어떤 소문들이 그 공간을 채웠던가? 소문은 한 사회의 구조적 차별을 드러내고, 그것을 증폭한다. 미쓰코의 집안과, 결혼 여부와, 동거인과의 관계를 문제시하는 아파트 주민들의 소문, 한부모 가정 어린이인 후키코에 대한 학생들의 소문, 후키코의 아버지가 게이 바를 다닌다는 아이들의 소문, 남성적이지 못한 취향을 가진 다로에 대한 회사 사람들의 소문. 이러한 소문은 모두 견고한 이성애주의와 정상 가족 제도를 재확인시킨다. 이들 넷은 소문이라는 작은 파문을 일으키고 떠나지만 그것은 쉬쉬해야 하는 말 못 할 사정이 아니다. 갑작스러운 떠남 뒤에도 현실에 남아 있는, 어쩌면 더 많은 파장을 필요로 하는 공개적 사정이다. 비혼 여성이 온전한 개인으로 살 권리, 한부모 가정이 차별받지 않을 권리, 학생이 학교 폭력을 겪지 않을 권리, 동성애자가 당당히 사랑을 표현할 권리, 남성적 혹은 여성적이라는 이분법적 규범을 따르지 않는 사람이 직장 내에서 괴롭힘당하지 않을 권리.

한편 이 소설집 원서의 해설을 보면 마지막 장면을 두고, 이들 네 사람이 스스로 이방인이 됨으로써 자기 삶의 방식을 능동적으로 찾아 나섰다고 해석한다. "그들은 잠시 부유(浮游)하던 '여행자'였던 듯 동네를 떠난다. 어떤 공동체에도 속하지 않으면서 어디로든 들어갈 수 있는 '여행자' 같은 존재들이다. 미쓰코, 다로, 후키코, 도시오가 사람/동물, 남/여, 부모/자식, 선생/학생의 이항 대립을 넘어서 서로 만날 수 있었던 까닭도 그들이 중간적, 중성적 존재이기 때문"이다.* 아마 그들의 떠남 자체를, 억압적 현실을 자유로 바꾸는 전복적 실천이라 여기는 듯하다. 하지만 여행자 역시 현실적 조건 아래서 이동하는 존재들이므로, 소문을 해체해서 권리를 회복하는 일은 우리뿐 아니라 여행자들과도 무관하지 않다.

다와다 요코의 두 소설은 언어에 대한 작가만의 고유한 발상을 실현한 계기, 즉 이주(移住)에 대한 이야기로 읽힌다. 「개 신랑 들이기」가 떠나기 전의 이야기라면, 「페르소나」는 떠난 이후의 이야기 같다.

이렇게 뜻깊은 책의 번역 작업을 함께해 주신 유상훈 편집자께 깊은 고마움을 전한다. 너그러운 말씀과 여유 있게 시간을 마련해 주셔서 힘낼 수 있었다. 이번 번역을 하는 동안 스쳐 지나간 사람들이 떠오른다. 그분들과 가족에게도 깊은 고마움을 전한다.

---

*   요나하 게이코(与那覇恵子), 「'사이'를 둘러싼 알레고리(「間」めぐるアレ ゴリ−)」, 『개 신랑 들이기(犬婿入り)』, 고단샤(講談社), 1998. 146쪽.

옮긴이 유라주 1980년 출생. 단국대학교 법학과를 졸업하고 히토쓰바시 대학원 언어사회연구과에서 「통치성으로 본 한국 시민 사회의 형성과 전개」(2016)로 박사 학위를 받았다. 주로 여성과 소수자 문제에 관심이 있으며 이러한 관심을 바탕으로 논문 「Author as Discourse: African American Women's Autobiographies」(2021), 「'사회적인 것'으로서 재생산 노동과 일본 개호 보험 제도」(2020), 「다문화주의, 대항 공론장, 공통 세계」(2018)를 집필했으며, 옮긴 책으로 『할머니들의 야간 중학교』(2019), 『여행하는 말들』(2018)이 있다.

개 신랑 들이기

1판 1쇄 찍음 2022년 9월 30일
1판 1쇄 펴냄 2022년 10월 7일

지은이 다와다 요코
옮긴이 유라주
발행인 박근섭 · 박상준
펴낸곳 (주)민음사
출판등록 1966. 5. 19. 제16-490호

주소 서울시 강남구 도산대로 1길 62(신사동)
강남출판문화센터 5층 (06027)
대표전화 02-515-2000 | 팩시밀리 02-515-2007
홈페이지 www.minumsa.com

한국어판 ⓒ (주)민음사, 2022. Printed in Seoul, Korea

ISBN 978-89-374-2726-8 (03830)

* 잘못 만들어진 책은 구입처에서 교환해 드립니다.